세 가지 이야기

이 도서의 국립중앙도서관 출판예정도서목록(CIP)은 서지정보유통지원시스템 홈페이지(http://seoji.nl.go.kr)와
국가자료공동목록시스템(http://www.nl.go.kr/kolisnet)에서 이용하실 수 있습니다.
(CIP제어번호: CIP2016027559)

세계문학전집
149

Gustave Flaubert : Trois contes

세 가지 이야기

귀스타브 플로베르 소설

고봉만 옮김

문학동네

차례 ▌

순박한 마음

1

　지난 오십 년 동안 퐁레베크*의 부르주아 부인들은 오뱅 부인에게 펠리시테** 같은 하녀가 있다는 것을 무척 부러워했다.

　이 하녀는 일 년에 단돈 100프랑만 받고도 요리와 청소를 하고, 바느질과 빨래와 다리미질도 했으며, 말에 굴레를 씌우고 닭이나 오리를 기르고, 손수 젖을 짜 버터를 만들 줄도 알았으며, 게다가 그리 상냥하지 않은 안주인에게 언제나 충직했다.

　이 집 안주인은 아무것도 가진 것이 없는 가난뱅이 미남 청년과 결

---

*　프랑스 북부 노르망디 지방의 칼바도스 주에 위치한 작은 도시로, 작가 플로베르의 어머니가 태어난 곳이기도 하다.
**　플로베르의 소설 『마담 보바리』의 주인공 에마 보바리의 마지막 하녀 이름이기도 하다. 프랑스어 félicité는 천복(天福), 지복(至福)을 뜻한다.

혼했었는데, 그녀의 남편은 1809년 초 나이 어린 두 아이와 빚더미만 남겨놓은 채 세상을 떠났다. 그래서 그녀는 투크 농장과 제포스 농장만 빼고 남겨진 부동산을 모두 팔아치웠다. 두 농장에서 나오는 수입은 기껏해야 5천 프랑밖에 되지 않았다. 그녀는 생플렌의 저택을 떠나 유지비가 적게 드는 다른 집으로 이사했다. 그 집은 집안 대대로 내려오던 것으로, 중앙 시장 뒤편에 있었다.

점판암으로 덮인 이 집은 샛길*과 강으로 통하는 골목길 사이에 있었다. 내부 바닥이 고르지 않아 삐끗하기 십상이었다. 좁은 현관은 부엌을 넓은 방과 분리시키고 있었는데, 오뱅 부인은 그 방의 십자형 창문 가까이에 놓인 밀짚 의자에 온종일 앉아 있곤 했다. 벽 아랫부분을 두른 하얀 장식 널판 앞에는 여덟 개의 마호가니 의자가 나란히 놓여 있었다. 기압계 아래 자리한 낡은 피아노 위에는 상자와 두꺼운 종이들이 피라미드 모양으로 쌓여 있었다. 또한 자수가 수놓인 안락의자 두 개가 루이 15세풍의 노란 대리석 벽난로 옆에 나란히 놓여 있었다. 벽난로 위 한가운데 놓인 추시계는 베스타 신전**을 떠올리게 했다. 그리고 방 전체적으로 곰팡이 냄새 같은 것이 났다. 바닥이 정원보다 더 낮았기 때문이다.

이층에는 우선 굉장히 큰 '마님Madame'의 방이 있었다. 연한 꽃무늬 벽지로 도배된 그 방에는 혁명 시대의 멋쟁이 왕당파 복장을 한 '나리Monsieur'의 초상화가 걸려 있었다. 그 방에는 아주 작은 방 하나가 딸

---

* passage. 마차 한두 대가 다닐 수 있는, 큰길로 통하는 작은 길을 가리킨다.
** 베스타는 로마신화에 나오는 불 혹은 아궁이의 여신. 전통적으로 베스타 신전은 공공의 화로를 표상하는 원형 건물이었다.

려 있었는데, 거기에는 매트리스가 없는 어린이용 침대 두 개가 놓여 있었다. 그다음은 응접실로, 언제나 닫혀 있는 그곳에는 천을 뒤집어 쓴 가구들이 가득 들어차 있었다. 그리고 서재로 이어지는 긴 복도가 있었다. 서재에는 검은색 나무로 된 커다란 책상 하나가 놓여 있었고, 책과 쓸데없는 서류들이 책상을 삼면으로 둘러싼 책장을 가득 채우고 있었다. 불거져 튀어나온 벽널 두 쪽은 펜화와 고무수채화법으로 그린 풍경화와 오드랑*의 판화들 아래 가려져 있었는데, 이 그림들은 좋았던 시절과 지나가버린 호사를 떠올리게 했다. 펠리시테의 방은 삼층으로, 빛이 드는 조그만 창 너머 목장이 내려다보였다.

그녀는 새벽부터 일어나 하루도 거르지 않고 미사에 참석한 뒤 쉬지 않고 저녁까지 일했다. 저녁식사가 끝나면 그릇을 씻어 정리하고 문단속을 한 다음, 타다 만 장작을 재 밑에 집어넣고 손에 묵주를 든 채 아궁이 앞에서 잠들곤 했다. 물건값을 깎는 데 그녀보다 도가 튼 사람은 없었다. 또한 얼마나 깔끔한지, 그녀가 닦아놓은 냄비들은 다른 하녀들이 보면 절망할 정도로 반들반들 윤이 났다. 알뜰한 걸로 치자면, 느릿느릿 식사를 하면서 손가락으로 식탁 위에 떨어진 빵 부스러기를 긁어모을 정도였다. 그녀는 자신이 먹을 빵을 특별히 주문해서 구워 먹었는데, 6킬로그램짜리 빵 한 덩이로 무려 스무 날이나 먹었다.

그녀는 언제나 변함없이 인도산 숄을 등에 핀으로 꽂아 두르고 다녔고, 머리카락이 보이지 않도록 헝겊 모자를 썼으며, 긴 회색 양말에 빨간 치마를 입고, 짧은 웃옷 위에는 병원의 간호사처럼 가슴바대를 댄

---

* 유명한 판화가였던 제라르 오드랑을 가리키는 것으로 짐작된다.

앞치마를 걸쳤다.

그녀의 얼굴은 야윈 편이었고, 목소리는 날카로웠다. 그녀가 스물다섯 살 때 사람들은 그녀를 마흔 살로 보기도 했다. 쉰 살 무렵부터는 그녀의 나이를 더이상 짐작할 수 없었다. 늘 말수가 적고, 자세는 꼿꼿하고, 행동에는 절도가 있어, 그녀는 마치 자동으로 움직이는 목제 인간 같았다.

2

그런 그녀에게도 여느 사람들처럼 연애담이 하나 있었다.

석공이었던 그녀의 아버지는 비계飛階에서 떨어져 죽었다. 얼마 지나지 않아 그녀의 어머니마저 세상을 뜨자, 자매들은 뿔뿔이 흩어졌다. 펠리시테를 맡게 된 것은 어느 농사꾼이었는데, 그는 아주 어린 펠리시테에게 들판에서 소를 돌보는 일을 시켰다. 그녀는 누더기 옷을 걸친 채 추위에 떨고, 엎드려 늪의 물을 마시는가 하면, 아무런 이유 없이 농사꾼에게 얻어맞기도 했다. 그리고 마침내 30솔*을 훔쳤다는 누명을 쓰고 쫓겨나고 말았다. 그녀는 다른 농가로 들어가 닭과 오리 등을 키우는 일을 맡게 되었는데, 주인 부부가 그녀를 마음에 들어했기 때문에 동료들의 시샘을 받곤 했다.

8월의 어느 날 저녁(그때 그녀는 열여덟 살이었다), 펠리시테는 동

---

* 30솔짜리 은화는 프랑스에서 19세기 초까지 통용되었다.

료들에게 이끌려 콜빌의 축제에 갔다. 시골 악사들의 떠들썩한 소리와 나무에 매달린 불빛, 알록달록한 의상과 레이스, 황금 십자가, 이리저리 몰려다니며 춤추는 사람들 때문에 도착하자마자 어안이 벙벙했다. 그래서 그녀는 한쪽 구석에 멍하니 서 있었다. 바로 그때 부티가 흐르는 한 청년이 수레 끌채에 양팔을 괴고 파이프 담배를 피우고 있다가 그녀에게 다가와 춤을 청했다. 그는 펠리시테에게 사과주, 커피, 파이, 스카프를 사주더니, 그녀가 자기의 마음을 짐작했을 거라 생각하며 집까지 바래다주겠다고 제안했다. 귀리밭 가까이에 다다랐을 때, 그는 갑자기 그녀를 껴안고 넘어뜨렸다. 그녀는 무서워서 소리를 질렀다. 그는 물러갔다.

어느 날 저녁, 그녀는 보퐁으로 가는 도로에서 건초를 싣고 느릿느릿 앞서가는 커다란 수레를 앞지르려고 수레바퀴 옆을 재빨리 지나가다가 테오도르를 알아보았다.

그는 태연히 그녀에게 다가와, 지난번 일은 '술 때문'이었으니 모두 용서해달라고 말했다.

그녀는 딱히 무슨 말을 해야 할지 몰라 도망치고만 싶었다.

곧이어 그는 그녀에게 올해의 수확량이나 읍내 유지들에 대한 이야기를 건넸다. 그런 이야기를 하는 건 그의 아버지가 콜빌을 떠나 에코의 농장으로 자리를 옮겨 이제 자기와 그녀는 이웃이 되었기 때문이라고 했다. 그녀는 "아!" 하고 대답했다. 그는 모두들 자기더러 살림을 차리라는 말을 한다고 덧붙였다. 그렇지만 자기는 서두를 생각이 없으며 마음에 드는 여자가 나타나기를 기다리고 있었다는 거였다. 그녀는 고개를 떨구었다. 그러자 그는 그녀에게 결혼을 생각하고 있는지 물었다. 그녀는 웃으면서 사람을 놀리는 것은 나쁜 일이라고 대꾸했다. "놀리는 게 아녜요, 진심입니다!" 하면서 그는 왼팔로 그녀의 허리를 감싸안았다. 그녀는 그에게 안긴 채 걸었다. 두 사람의 걸음이 점점 느려졌다. 바람은 감미로웠고, 별들은 빛나고 있었으며, 마른 풀을 가득 실은 커다란 수레는 그들 앞에서 흔들거렸고, 네 마리의 말은 다리를 끌면서 먼지를 피워 올렸다. 고삐를 잡지 않았는데도 말들은 오른편으로 돌았다. 그는 다시 한번 그녀를 끌어안았다. 그녀는 어둠 속으로 몸을 숨겼다.

테오도르는 그다음주에도 그녀와 몇 번 만났다.

두 사람은 농장의 안뜰 구석에서, 담장 뒤에서 혹은 외떨어진 나무 밑에서 만났다. 그녀도 요조숙녀처럼 순진무구하지는 않았다. 동물들로부터 그 방면의 지식을 얻었기 때문이다. 그러나 분별력과 정조에 대한 본능이 그녀로 하여금 선을 넘지 않게 했다. 그녀의 조심스러운 태도 때문에 테오도르는 더욱 달아올랐다. 그래서 그는 욕망을 만족시키고자(혹은 순진한 마음에서였는지는 몰라도) 그녀에게 청혼을 했다. 그녀는 그의 청혼을 어떻게 받아들여야 할지 망설였다. 그는 몇 번이나 맹세를 했다.

얼마 후 그는 난처한 일이 생겼다고 말했다. 그의 부모가 지난해에 그를 대신해 군 복무를 할 사람을 샀는데, 일이 잘못되어 어쩌면 군대에 끌려가게 될지도 모른다는 것이었다. 그는 군대에 간다는 생각만 해도 끔찍하다고 했다. 이러한 소심함이 펠리시테에겐 오히려 애정의 증거로 여겨졌고, 그녀의 사랑도 더욱 깊어만 갔다. 그녀는 밤마다 집을 빠져나와 약속 장소로 달려갔는데, 테오도르는 만나기만 하면 불안한 마음을 털어놓거나 애처로울 정도로 매달려 그녀를 괴롭게 했다.

마침내 그는 자기가 직접 도청에 가서 상황을 알아보고, 돌아오는 일요일 밤 열한시와 열두시 사이에 결과를 가져오겠다고 알렸다.

그날 그 시간이 되자 그녀는 애인이 있는 곳으로 달려갔다. 그녀가 만난 것은 그가 아니라 그의 친구였다.

그의 친구는 앞으로 두 번 다시 테오도르를 만날 수 없을 거라고 말해주었다. 징집을 피하기 위해 테오도르는, 투크에 사는 돈 많은 늙은 여자 르우세 부인과 결혼해버렸다는 것이었다.

그녀의 슬픔은 이루 말할 수 없었다. 그녀는 땅바닥에 주저앉아 하느님을 부르며 목놓아 울었고, 홀로 들판에서 동이 틀 때까지 흐느꼈다. 그러고는 농가로 돌아와 이곳을 떠나겠다는 의사를 밝혔다. 월말이 되자 그녀는 자기 몫의 돈을 받고, 손바닥만한 보자기에 그녀의 얼마 안 되는 짐을 몽땅 싸서 퐁레베크로 갔다.

여인숙 앞에서 그녀는 과부들이 쓰는 캐플린 모자 차림의, 어느 부르주아 부인에게 말을 건네게 되었는데, 마침 그녀는 요리사를 구하던 참이었다. 젊은 처녀가 아는 것은 별로 없었지만, 마음이 착하고 돈도 많이 원하지 않는 듯해 오뱅 부인은 마침내 이렇게 말했다.

"좋아요, 당신을 고용하겠어요!"

그로부터 십오 분 뒤, 펠리시테는 그녀의 집에서 살게 되었다.

처음에 그녀는 집안 전체에 감돌고 있는 '부르주아 집안의 가풍'이라는 것과 '주인 나리'에 대한 기억 때문에 약간은 위축되어 살았다. 일곱 살짜리 폴과 이제 막 네 살이 된 비르지니*는 그녀에게 귀한 보물처럼 여겨졌다. 그녀는 말처럼 아이들을 등에 태우고 다녔다. 그리고 시도 때도 없이 아이들에게 뽀뽀를 했는데, 오뱅 부인이 못하게 하는 바람에 몹시 마음이 아팠다. 그렇지만 그녀는 행복했다. 이 집의 평온한 환경이 그녀의 슬픔을 잊게 했다.

목요일마다 같은 손님들이 보스턴 카드 게임을 하러 오곤 했다. 펠리시테는 미리 카드와 발난로를 준비했다. 그들은 저녁 여덟시 정각에 와서 열한시 종이 치기 전에 돌아갔다.

매주 월요일 아침에는 가로숫길 쪽에 살고 있는 고물장수가 주워 모은 고철들을 늘어놓곤 했다. 그러고 나면 온 마을이 웅성거리는 소리로 가득차곤 했는데, 그 소리에는 길을 지나가는 이륜 짐마차의 둔탁한 소리와 말 울음소리며 새끼 양 울음소리, 돼지들의 꿀꿀거리는 소리가 뒤섞였다. 시장이 가장 북적거리는 정오쯤이 되면, 매부리코에 모자를 뒤로 젖혀 쓴 늙은 키다리 농부가 집 앞에 나타나곤 했는데, 그는 바로 제포스 농장의 소작인 로블랭 씨였다. 이어서 투크 농장의 소작인 리에바르 씨가 나타났는데, 그는 키가 작고 얼굴이 벌건 뚱뚱보로, 회색 저고리 차림에 박차가 달린 가죽 각반을 차고 다녔다.

둘 다 오뱅 부인에게 암탉이나 치즈를 바치러 오는 것이었다. 펠리시테가 언제나 그들의 얄팍한 꿍꿍이를 알아차렸기 때문에, 그들은 번번이 돌아가며 이 하녀가 참 대단한 여자라고 감탄하곤 했다.

이따금 오뱅 부인의 삼촌들 중 하나인 그르망빌 후작이 방문하는 때도 있었다. 방탕한 생활 때문에 파산한 그는 팔레즈의 마지막 땅뙈기에서 나오는 수입으로 근근이 살아가고 있었다. 언제나 점심시간에 흥

---

* 1787년 프랑스 작가 생피에르가 발표한 소설 「폴과 비르지니」의 주인공 이름이다.

측한 푸들 한 마리를 끌고 나타났는데, 그 개는 발로 집안의 가구란 가구는 죄다 더럽혀놓곤 했다. 그는 "돌아가신 아버님"이라는 말을 할 때마다 연신 모자를 벗을 정도로 귀족 행세를 하려 애썼다. 그러나 혼자 술을 한 잔 또 한 잔 연거푸 마시면 그만 못된 버릇이 나타나 음담패설을 내뱉는 것이었다. 그러면 펠리시테는 "드 그르망빌 님, 꽤 많이 드셨군요! 다음에 또 하기로 해요!"라고 말하며 그를 점잖게 밖으로 밀어내고는 문을 닫아버렸다.

그녀는 퇴직한 소송대리인인 부레 씨가 오면 반갑게 문을 열어주곤 했다. 하얀 넥타이와 대머리, 셔츠 앞에 단 가슴 장식, 넉넉한 갈색 프록코트, 팔을 둥글게 모아 코담배를 들이마시는 이 사람만이 그녀에게 비범한 사람들을 만났을 때 느끼는 감동을 불러일으켰다.

그는 '마님'의 토지를 관리하고 있었기 때문에 몇 시간 동안이나 마님과 함께 돌아가신 '나리'의 서재에 틀어박혀 있곤 했다. 그는 자신의 평판이 위태로워질까봐 항상 조심스러워했고, 사법관이라는 신분을 더없이 존중했으며, 라틴어를 아는 것에 자부심을 갖고 있었다.

아이들은 즐겁게 공부해야 한다며, 그는 그들에게 판화로 된 지리책 한 권을 선물했다. 판화에는 깃털로 머리를 장식한 식인종, 아가씨를 채가는 원숭이, 사막에 사는 베두인족, 작살에 찍힌 고래 등 세상의 다양한 풍물이 그려져 있었다.

폴이 이 그림들을 펠리시테에게 설명해주었다. 그것이 그녀가 받은 문학 교육의 전부였다.

아이들의 교육은 읍사무소에 근무하는 가난뱅이 기요가 맡았다. '예쁜 글씨'로 유명한 그는 장화에다 주머니칼을 갈곤 했다.

날씨가 좋을 때면 식구들은 아침 일찍 제포스 농장으로 갔다.

뜰은 비탈져 있었고, 그 한복판에 농가가 있었다. 저멀리 회색빛 얼룩처럼 바다가 보였다.

점심때가 되어 펠리시테가 바구니에서 차가운 고깃조각을 꺼내면 모두 함께 낙농장에 딸린 방에서 식사를 했다. 이제는 사라진 별장의 방들 가운데 유일하게 남아 있는 방이었다. 누더기가 된 벽지가 바람에 펄럭이곤 했다. 오뱅 부인은 갖가지 추억에 괴로운지 고개를 숙였고, 아이들은 차마 말을 꺼낼 엄두도 내지 못했다. "자, 나가들 놀아라!" 하고 부인이 말하면 아이들은 재빨리 뛰어나갔다.

폴은 곳간에 올라가기도 하고, 새를 잡기도 하고, 못에서 물수제비를 뜨기도 하고, 커다란 나무통을 두들겨 북이 울리는 듯한 소리를 내기도 했다.

비르지니는 토끼에게 먹이를 주고 수레국화를 꺾으러 갔는데, 종종 걸음을 치는 바람에 수를 놓은 작은 속바지들이 드러나 보이곤 했다.

어느 가을날 저녁, 모두가 목장을 지나 집으로 돌아가는 길이었다. 상현달이 하늘 한쪽을 비추었고, 구불구불한 투크 강 위로 안개가 스카프를 두른 듯 자욱했다. 풀밭 한가운데 누워 있던 수소들이 네 사람이 지나가는 것을 물끄러미 바라보았다. 그런데 세번째 방목장을 지나치려는 순간 몇 마리의 소가 일어나더니 그들 앞에 둥글게 진을 치는 것이었다. 펠리시테는 "겁먹지 마요!"라고 말한 후 애조 띤 가락을 나지막이 흥얼거리며 가장 가까이 있는 소의 등을 부드럽게 쓰다듬어주었다. 곧 소는 돌아섰고, 다른 녀석들도 그 뒤를 따랐다. 그러나 다음 목장을 가로질러가고 있을 때, 갑자기 무시무시한 소의 울음소리가 울려퍼졌다. 안개에 가려 보이지 않았지만 황소였다. 놈은 두 여자 쪽으로 다가왔다. 깜짝 놀란 오뱅 부인이 뛰어 달아나려고 했다. "안 돼요! 안 돼! 좀 천천히요!" 그러면서도 두 여인의 걸음은 빨라질 수밖에 없었고, 뒤에서는 점점 가까워지는 거친 숨소리가 들려왔다. 놈의 발굽은 망치처럼 목장의 풀을 때렸다. 이제 놈은 전속력으로 달려들고 있었다! 펠리시테는 뒤로 돌아 두 손으로 흙덩이를 움켜쥐고는 놈의 눈을 향해 던졌다. 황소는 콧방울을 숙이고 뿔을 흔들더니 무시무시한 울음소리를 내면서 분노로 몸을 떨었다. 두 아이와 함께 목장 끝에 이른 오뱅 부인은 이 높은 울타리를 넘을 방법을 필사적으로 찾고 있었다. 펠리시테는 그때까지도 황소를 마주한 채 뒷걸음질치면서 계속 잔디 뿌리가 남아 있는 흙덩이를 던져 놈이 눈을 못 뜨게 했다. 그러면서 "빨리 가요! 빨리 가!" 하고 소리쳤다.

오뱅 부인은 도랑으로 내려가 비르지니와 폴을 위로 밀어올렸다. 그러고 나서 자신은 비탈을 기어오르려다 떨어지기를 반복하다가, 있는 힘을 다해 가까스로 비탈 위에 오를 수 있었다.

황소는 펠리시테를 울타리 있는 데까지 몰아붙였다. 침이 그녀의 얼굴에 튀었고, 소뿔은 단숨에 그녀의 배를 갈라놓을 것만 같았다. 그녀가 겨우 말뚝 사이로 빠져나갈 기회를 포착하자, 그 거대한 짐승은 깜짝 놀라 우뚝 멈춰 서고 말았다.

이 사건은 몇 해 동안 퐁레베크에서 화제가 되었다. 펠리시테는 자기가 대단한 일을 했다고 생각지 않기에 전혀 뽐내지 않았다.

그녀는 온통 비르지니 걱정뿐이었다. 비르지니가 너무 놀란 나머지 신경 질환에 걸렸던 것이다. 의사인 푸파르 씨는 트루빌*의 바닷가에서 해수욕으로 치료해보기를 권했다.

당시 해수욕 요법은 그리 흔한 치료법이 아니었다. 오뱅 부인은 이것저것 알아보고 부레 씨와 의논한 다음, 마치 긴 여행을 떠나는 사람처럼 준비를 했다.

짐은 그 전날 리에바르의 짐수레로 보내놓았다. 이튿날 리에바르는 말 두 필을 끌고 왔다. 그중 한 마리에는 벨벳 등받이가 갖춰진 부인용 안장이 놓여 있었고, 다른 한 마리의 엉덩이에는 둘둘 말린 외투가 의자처럼 얹혀 있었다. 오뱅 부인은 리에바르의 뒤에 올라탔다. 펠리시테는 비르지니를 맡았고, 폴은 조심해서 타고 돌려주겠다고 약속하고 빌린 르샵투아 씨의 당나귀에 올라탔다.

길은 아주 험해서 8킬로미터를 가는 데 두 시간이나 걸렸다. 말들은 진흙탕에 발목이 빠질 때마다 헤어나려고 엉덩이를 거칠게 흔들어대곤 했다. 때로는 마차 바큇자국에 걸려 비틀거렸고, 어떤 때는 펄쩍 뛰어 건너야 했다. 리에바르의 암말이 갑자기 멈춰 서기도 했는데, 그러면 리에바르는 꾹 참고 암말이 다시 걸을 때까지 기다렸다. 그는 도로변에 있는 땅의 주인들 이야기를 하면서 도덕적인 견해를 덧붙이곤 했다. 이를테면 투크의 한복판에서 일행이 한련꽃으로 장식된 창문 아래를 지나갈 때, 그는 어깨를 으쓱하며 이렇게 말했다.

"저 집은 르우세 부인 댁인데, 젊은 남자와 결혼한 탓에……" 펠리시테는 뒷말을 듣지 않았다. 말들은 빠른 걸음으로 달렸고, 당나귀는 종종걸음으로 뒤를 따랐다. 일행이 작은 길로 들어서자 사립문이 열리

---

* 프랑스 북서부 바스노르망디 지방 칼바도스 주에 있는 해변 휴양지.

면서 사내아이 두 명이 나타났다. 일행은 문간 가까이 있는 거름통 앞에 이르러 말에서 내렸다.

리에바르의 어머니는 주인마님을 만난 기쁨을 숨기지 않았다. 그녀는 마님에게 점심을 대접했는데, 설로인, 내장, 순대, 영계 프리카세*, 거품이 이는 사과주, 사과잼파이, 브랜디에 담근 자두 등이 나왔다. 그러면서 그녀는 갖가지 치렛말을 늘어놓았다. 마님께는 전보다 더 건강해 보이신다고, 아가씨에게는 '멋쟁이'가 되셨다고, 그리고 폴에게는 특히나 더 '튼튼해'지셨다고 예의를 갖춘 인사말을 곁들였다. 게다가 몇 대에 걸쳐 이 집안을 위해 일해왔기 때문에 당연히 잘 알고 있는, 주인댁의 돌아가신 조상들에 대한 이야기도 잊지 않았다. 농가는 이 집 부부처럼 낡은 모습이었다. 천장의 작은 들보는 벌레를 먹었고, 벽은 연기로 꺼멓게 그을렸으며, 창유리에는 먼지가 뿌옇게 끼어 있었다. 참나무 찬장에는 물병, 접시, 주석 사발, 늑대 덫, 양털 깎는 가위 등 별별 종류의 세간들이 놓여 있었다. 그곳에는 커다란 관장기灌腸器까지 있어서 아이들은 웃음을 터뜨렸다. 세 곳으로 나뉜 마당에 늘어선 나무들의 밑동에는 온통 버섯이 자라고 있었고, 잔가지들에는 겨우살이 풀들이 달라붙어 있었다. 그중 몇 그루는 바람에 꺾여 쓰러져 있었다. 중간 부분에서 다시 돋아난 가지는 매달린 사과의 무게 때문에 휘어져 있었다. 갈색 벨벳 같은 울퉁불퉁한 초가지붕은 강한 돌풍에도 끄떡없었다. 그러나 짐수레 곳간은 쓰러지기 일보 직전이었다. 오뱅 부인은 염두에 두겠다고 말하고는 다시 말에다 마구를 달게 했다.

---

* 흰 살코기나 닭고기, 양고기 등의 살을 소스에 익힌 스튜의 일종.

트루빌까지는 아직 반시간을 더 가야 했다. 에코르*를 지날 때 이 작은 행렬은 말에서 내렸다. 그곳은 발밑에 배들이 내려다보이는 절벽이었다. 삼 분 후에 일행은 부두 끝에 도착해서, 다비드 부인의 여인숙 아뇨 도르**의 마당에 들어섰다.

며칠밖에 안 되었는데도 좋은 공기와 해수욕 덕분인지 비르지니는 한결 원기를 되찾았다. 적당한 옷이 없어서 속옷 차림으로 해수욕을 했는데, 그녀가 바다에서 나오면 하녀는 해수욕객들이 탈의실로 사용하는 세관원의 오두막에서 옷을 갈아입혔다.

오후에는 당나귀를 타고 로슈누아르를 지나 엔크빌까지 가곤 했다. 그 오솔길은, 우선 공원의 잔디밭처럼 울퉁불퉁한 지면에 난 오르막길로 시작해서 목초지와 경작지가 번갈아 나타나는 고원으로 이어졌다. 길섶에는 나무딸기 가시덤불 위로 호랑가시나무가 우뚝 솟아 자라고 있었으며, 여기저기 고목나무 가지들이 푸른 하늘을 배경으로 지그재그 모양을 하고 뻗어 있었다.

거의 언제나 그들은 왼쪽으로는 도빌, 오른쪽으로는 르아브르, 정면으로는 한없이 넓은 바다가 보이는 풀밭에 앉아 휴식을 취했다. 바다는 햇빛을 받아 반짝거렸고, 거울처럼 매끄러웠으며, 너무도 잔잔해서 귀를 기울여야 물결의 속삭임을 겨우 들을 수 있었다. 참새들은 숨어서 재잘거렸고, 광대한 하늘의 둥근 천장이 이 모든 것을 덮어주었다. 오뱅 부인은 앉아서 바느질을 했고, 비르지니는 그 곁에서 골풀을 엮

---

* 노르망디의 투크 강 하류에 있는 절벽.
** '황금양'이라는 뜻으로 트루빌에 있었던 유일한 여인숙. 플로베르는 1836년 여름 이곳에서 가족과 함께 바캉스를 보냈다.

었다. 펠리시테는 라벤더꽃에서 잡초를 솎아냈고, 폴은 지루해하며 돌아가고 싶어했다.

어떤 날은 배를 타고 투크 강을 건너가서 조개를 줍기도 했다. 썰물 때면 성게, 가리비, 해파리 등이 모습을 드러냈다. 아이들은 바람에 밀려오는 파도 거품을 잡으려고 달려나가곤 했다. 파도는 모래톱까지 밀려와 잠들듯 누그러졌다. 모래톱은 까마득히 펼쳐져 있었고, 육지와 맞닿은 쪽에는 모래언덕들이 있어서 경마장 모양의 넓은 목초지인 마레 지대와 해변을 갈라놓았다. 그들이 그곳을 통해 돌아올 때면, 한걸음씩 옮길 때마다 언덕 저 아래 자리잡은 트루빌이 점점 더 크게 보였으며, 즐거운 무질서 속에서 각양각색의 집들이 꽃을 피우는 것만 같았다.

날씨가 더울 때는 집밖으로 나가지 않았다. 바깥의 눈부신 햇살은 덧창의 얇은 판자 사이를 뚫고 들어와 방안에 수많은 빛줄기를 만들었다. 마을은 조용했다. 아래쪽 거리에도 사람 하나 보이지 않았다. 이렇게 퍼져 있는 고요함이 모든 것을 더욱 적막하게 만들었다. 멀리서는 배 밑바닥을 두드리는 직공들의 망치질 소리가 들려왔고, 후덥지근한 미풍이 역청 냄새를 실어날랐다.

가장 흥겨운 것은 어선들이 항구로 돌아올 때였다. 배들은 항로표지를 통과하자마자 바람 불어오는 쪽을 향해 지그재그로 나아가기 시작했다. 돛을 돛대의 3분의 2까지 내리고 앞쪽 돛은 풍선처럼 부풀린 채, 배들은 찰랑거리는 파도 속을 미끄러지듯 지나 항구 한복판까지 나아가다가 갑자기 닻을 내렸다. 그런 다음 부두에 정박하는 것이었다. 뱃사람들은 팔딱거리는 생선들을 뱃전 너머로 집어던졌다. 짐수레 행렬이 배의 정박을 기다리고 있었고, 챙 없는 헝겊 모자를 쓴 아낙네들이 달려들어 바구니를 받아들고는 남편들에게 입을 맞추었다.

어느 날 아낙네들 중 한 명이 펠리시테에게 말을 걸었는데, 잠시 후 그녀는 너무나 기쁜 표정으로 방으로 뛰어들어왔다. 여동생을 만났다는 것이었다. 어느덧 르루 부인이 된 나스타지 바레트가 가슴에 젖먹이를 안고 오른손으로는 또다른 아이의 손을 잡은 채 나타났다. 그녀 왼편에는 주먹을 허리에 대고 베레모를 삐딱하게 쓴 꼬마 선원도 하나 있었다.

십오 분 후, 오뱅 부인은 쫓아내듯 그녀를 돌려보냈다.

동생네 식구들은 부엌 주변이나 산책길에 늘 모습을 드러냈다. 남편은 보이지 않았다.

펠리시테는 동생네 식구에게 애정을 느꼈다. 그녀는 그들에게 이불이며 내의며 요리용 화덕을 사주었다. 그들이 펠리시테를 이용하고 있는 게 분명했다. 펠리시테가 그렇게 정에 끌려다니자 오뱅 부인은 화가 났다. 펠리시테의 조카가 너무 허물없이 행동하는 것도—자기 아들에게 반말을 해댔기 때문이다—마음에 들지 않았다. 게다가 비르지니가 기침을 했고 좋은 계절도 지났기에, 오뱅 부인은 퐁레베크로 돌아왔다.

부레 씨가 아들의 중학교 진학에 대해 부인에게 조언을 해주었다. 캉에 있는 중학교가 명문이라는 것이었다. 폴은 그곳으로 가게 되었고, 기숙사에서 지내며 친구들을 사귈 수 있다는 기대에 부풀어 의젓하게 작별 인사를 했다.

오뱅 부인은 아들과 떨어지는 게 싫었지만 받아들였다. 어쩔 수 없는 일이었다. 비르지니도 날이 갈수록 점차 폴을 잊어갔다. 펠리시테는 폴이 만들어내던 소란스러움이 무척 그리웠다. 하지만 새로운 일이 그녀의 마음을 달래주었다. 펠리시테는 크리스마스부터 매일같이 비르지니를 성당의 교리 교육에 데려가게 된 것이다.

3

그녀는 성당 입구에서 살짝 무릎을 꿇고 기도를 드린 다음, 양쪽으로 늘어선 의자들 사이를 걸어가서는, 오뱅 부인의 지정석 문을 열고, 앉은 채로 주위를 두리번거리곤 했다.

성가대석의 오른편에는 소년들이, 왼편에는 소녀들이 자리잡고 있었고, 주임신부가 악보대 가까이 서 있었다. 성당 뒤쪽의 스테인드글라스에는 성령이 성모마리아를 굽어보고 있는 그림이, 다른 쪽에는 성모마리아가 아기 예수 앞에서 무릎을 꿇고 있는 그림이 그려져 있었다. 성체를 모셔둔 감실 뒤에는 용을 쓰러뜨리는 대천사 미카엘의 목각상이 있었다.

사제는 우선 구약성서의 내용을 간략하게 이야기했다. 펠리시테의 눈앞에 정말로 천국, 대홍수, 바벨탑, 불길에 휩싸인 도시들, 죽어가는 사람들, 뒤집혀 쓰러진 우상들이 보이는 듯했다. 그녀는 경탄스러운 마음으로 하느님에 대한 경외감과 그분의 노여움에 대해 두려움을 간직하게 되었다. 다음으로 그리스도의 수난에 대한 이야기를 듣고는 눈물도 흘렸다. 어린이를 지극히 사랑하시고, 군중들에게 먹을 것을 나

뉘주시고, 눈먼 자를 고쳐주셨으며, 가난한 사람들 가운데 마구간의 짚더미 위에서 태어나고자 하신 그 착한 분을, 사람들은 왜 십자가에 못박아 죽였을까? 씨뿌리기, 수확, 압착기 등 복음서에 나오는 것들은 그녀의 생활 속에도 있는 친근한 것들이었는데, 하느님으로 인해 성스러워졌다. 그녀는 어린양에 대한 하느님의 사랑 때문에 어린양들을, 성령 때문에 비둘기들을 더욱 사랑하게 되었다.

그녀는 성령의 모습을 좀체 상상할 수 없었다. 성령은 새일 뿐만 아니라 불이기도 했고, 때로는 숨결이기도 했기 때문이다. 아마도 깊은 밤 늪 주변을 떠도는 도깨비불도 성령의 빛이고, 구름을 밀어내는 것도 성령의 입김이며, 은은하게 들려오는 종소리도 성령의 소리인 것 같았다. 그녀는 벽면의 서늘함과 성당의 고요함을 누리면서 하느님을 숭배하는 마음에 젖어들었다.

교리에 관해서는 아무것도 이해할 수 없었고, 이해하려고 애쓰지도 않았다. 주임신부가 설교를 늘어놓고 아이들이 기도문을 암송하는 사이 그녀는 잠이 들곤 했다. 그러다가 아이들이 집으로 돌아가느라 대리석 바닥에 요란한 나막신 소리가 울릴 때에야 화들짝 잠에서 깨어났다.

그녀는 이렇게 교리 교육을 받았다. 어린 시절 그녀는 종교 교육을 전혀 받지 못했다. 그러나 이때부터 그녀는 비르지니가 하는 모든 종교 의식들을 그대로 따라 했다. 비르지니가 단식을 하면 단식을 하고 고해성사를 하면 고해성사를 했다. 성체축일에는 둘이 함께 임시 제단을 만들기도 했다.

첫영성체 때문에 펠리시테는 미리부터 걱정이 이만저만 아니었다. 그녀는 아이의 구두, 묵주, 성경책, 장갑을 준비하기 위해 분주히 움직였다. 얼마나 떨리는 마음으로 주인마님이 아이에게 옷 입히는 것을 도왔던지!

미사가 진행되는 동안 내내 그녀는 마음이 극도로 초조하고 불안했다. 부레 씨가 성가대 한쪽을 가리고 있었기 때문이다. 그러나 정면에, 면사포 위에 하얀 관을 쓴 어린양들이 마치 눈 내린 들판 같은 모습을 하고 있었다. 귀여운 목덜미에 명상에 잠긴 듯한 사랑스러운 꼬마 아가씨를 그녀는 멀리서 알아보았다. 종이 울렸다. 모두 고개를 숙였고, 잠시 침묵이 흘렀다. 오르간 소리가 울려퍼지자 성가대와 신자들은 〈아그누스 데이〉*를 부르기 시작했다. 그런 다음 소년들의 행렬이 시작되었고, 이어서 소녀들이 일어섰다. 한 걸음씩, 두 손을 모아, 소녀들은 환하게 불 밝혀진 제대 앞으로 나아가서는, 맨 앞 계단에 무릎을 꿇고 면병**을 받아 모신 다음, 같은 순서로 기도대로 돌아왔다. 비르지니의 차례가 되자 펠리시테는 그녀를 보기 위해 고개를 쭉 내밀었다. 자기가 그 아이인 것처럼 여겨졌다. 참다운 애정에서 비롯된 상상이었다. 아이의 얼굴이 자신의 얼굴이 되고, 아이가 입고 있는 옷을 자기가 입고, 아이의 심장이 자신의 가슴속에서 뛰는 것이었다. 비르지니가 입을 여는 순간, 그녀는 눈을 감으면서 의식을 잃을 뻔했다.

이튿날 아침 일찍, 그녀는 주임신부에게 영성체를 받기 위해 제의실로 갔다. 그녀는 경건한 마음으로 영성체를 모셨지만, 전날과 같은 환희는 느끼지 못했다.

---

* Agnus Dei. 라틴어로 '하느님의 어린양'이라는 뜻. 로마가톨릭 의식에서 영성체 전에 부르는 노래다.
** 미사 때, 성체를 이루기 위하여 쓰는 밀떡.

오뱅 부인은 자기 딸을 완벽한 숙녀로 키우고 싶어했다. 그런데 기요는 영어나 음악을 가르칠 수 없었기에, 그녀는 딸을 옹플뢰르에 있는 우르술라 수도회*의 기숙사에 넣기로 마음먹었다.

아이는 고분고분 그 의견을 따랐다. 펠리시테는 마님의 무정함을 한탄하며 한숨을 쉬었다. 그러나 곧 마님 생각이 옳을 것이라고 마음을 고쳐먹었다. 그러한 것들은 그녀가 어쩔 수 있는 일이 아니었다.

마침내 어느 날, 낡은 짐마차 한 대가 문 앞에 멈추더니 비르지니를 데리러 온 수녀 한 분이 내렸다. 펠리시테는 마차 지붕에 짐을 싣고 마부에게 몇 가지 당부를 한 다음, 짐칸에 제비꽃 한 다발과 함께 잼 단지 여섯 개와 배 열두 개를 넣어두었다.

떠날 순간이 다가오자 비르지니는 울음을 터뜨렸다. 아이가 어머니를 껴안자, 어머니는 딸의 이마에 입을 맞추면서 되풀이해 말했다. "자, 용기를 내, 용기를!" 발판이 올라가고 마차는 출발했다.

그러자 오뱅 부인은 그만 실신하고 말았다. 그날 저녁 로르모 부부, 르샵투아 부인, 로슈퍼유 댁 아씨들, 드 우프빌 씨와 부레 씨 등 모든 친구들이 찾아와 그녀를 위로했다.

딸이 없다는 생각에 오뱅 부인은 처음에는 무척 고통스러워했다. 그러나 일주일에 세 번씩 딸에게서 편지를 받고, 편지가 오지 않는 날이면 딸에게 편지를 쓰고, 정원을 산책하거나 책을 읽기도 하며 시간의 공백을 메우곤 했다.

펠리시테는 아침이면 습관적으로 비르지니의 방에 들어가 우두커니

---

* 로마가톨릭 수녀회. 소녀 교육에 전적으로 헌신하는 여성들을 위한 최초의 기관이다.

벽을 둘러보곤 했다. 이제 아이의 머리를 빗겨주거나 신발끈을 매주거나 이불깃을 정리해줄 일도 없고, 아이의 귀여운 얼굴을 매일 볼 수도, 함께 손잡고 외출할 수도 없게 된 것이 너무나 쓸쓸했다. 시간을 보내기 위해 그녀는 레이스를 짜보려고 했다. 하지만 손놀림이 둔해져 실만 끊어먹을 뿐이었다. 그녀는 어떤 일에도 의욕을 가질 수 없었고 잠도 이루지 못했다. 그녀의 말처럼 심신이 서서히 '좀먹고' 있었다.

그녀는 '기분 전환'을 위해 조카 빅토르를 부르게 해달라고 마님에게 부탁했다.

빅토르는 일요일 미사가 끝난 뒤 뺨에 홍조를 띠고 가슴을 드러낸 채, 지나온 들판의 내음을 풍기며 오뱅 부인의 집에 놀러오곤 했다. 그러면 펠리시테는 곧바로 식사를 차렸다. 그들은 마주앉아 점심을 먹었다. 먹을 것을 아끼자는 생각에 자기는 되도록 적게 먹으면서, 조카는 배가 터지도록 먹게 했기 때문에 그는 결국 잠들어버리곤 했다. 저녁 예배를 알리는 종이 울리기 시작하면, 그녀는 조카를 깨워 그의 바지를 솔질하고 넥타이를 매준 다음, 어머니라도 된 듯 뽐내면서 조카의 팔에 기대어 성당에 갔다.

빅토르의 부모는 아이를 시켜 언제나 무엇인가를 얻어 오도록 했다. 흑설탕 한 봉지라든가 비누나 브랜디 같은 것들, 심지어 어떤 때는 돈까지. 빅토르는 수선할 옷가지를 가지고 나타나기도 했다. 그러면 그녀는 그를 다시 오게 할 기회라 여겨 이 일을 기쁘게 받아들이곤 했다.

8월이 되자 빅토르의 아버지가 아들을 데리고 연안 항해를 떠나버렸다.

마침 휴가철이었다. 폴과 비르지니가 돌아와서 펠리시테는 마음을 달랠 수 있었다. 그렇지만 폴은 변덕쟁이가 되어 있었고, 비르지니는 더이상 어린아이 취급을 받을 나이가 아니었다. 펠리시테와 비르지니 사이는 왠지 서먹해졌고 그들 사이에 벽 같은 게 생긴 듯했다.

빅토르는 모를레, 됭케르크, 브라이턴으로 항해를 이어갔다. 그는 여행에서 돌아올 때마다 그녀에게 선물을 가져왔다. 첫번째 선물은 조개껍데기로 만든 상자였고, 두번째는 커피잔, 세번째는 생강빵으로 만든 커다란 인형이었다. 소년은 인물이 훤해지고 체격도 아주 좋아졌다. 콧수염도 조금 길렀으며 선량하고 솔직한 눈매에, 항해사처럼 작은 가죽 모자를 뒤로 젖혀 썼다. 그는 선원들의 말투를 섞어가며 이야기들을 늘어놓아 그녀를 즐겁게 해주었다.

1819년 7월 14일(그녀는 그 날짜를 결코 잊을 수가 없었다) 월요일, 빅토르는 긴 항해를 떠나게 되었다고 알려왔다. 다음다음날 밤에 옹플뢰르에서 일단 연락선을 타고 르아브르로 간 뒤, 거기서 스쿠너*를 타고 출항하는데, 아마도 이 년 동안은 돌아오지 못할 거라고 했다.

그렇게 오랫동안 조카를 못 본다는 생각에 펠리시테는 비탄에 빠졌다. 다시금 작별 인사를 하기 위해, 수요일 저녁 마님의 식사가 끝나자마자 그녀는 나무창을 댄 구두를 신고 퐁레베크에서 옹플뢰르까지 40리 길을 단숨에 달려갔다.

칼베르 언덕에 이르렀을 때, 왼쪽으로 가야 할 것을 오른쪽으로 가는 바람에 그녀는 조선소 안에서 그만 길을 잃고 왔던 길을 되돌아가야 했다. 사람들에게 가서 길을 물으니 서두르라고 했다. 그녀는 배들

---

* 두서너 개의 돛대에 세로돛을 단 서양식 범선.

로 가득한 뱃도랑을 한 바퀴 돌다가, 배를 매어놓은 밧줄에 여러 차례 발이 걸리기도 했다. 갑자기 땅바닥이 주저앉고, 불빛들이 눈앞에서 어른거렸으며, 게다가 말들이 공중에 떠다니는 것을 보고 그녀는 자기가 미친 게 아닌가 생각했다.

부둣가에는 바다를 보고 겁을 먹은 말 몇 마리가 울어대고 있었다. 권양기가 말들을 끌어올려 배에 부렸다. 배에서는 승객들이 커다란 사과주 통과 치즈 광주리, 곡물 부대 사이에서 이리저리 서로 떼밀렸다. 암탉들이 우는 소리와 선장의 고함소리도 들려왔다. 그리고 한 소년 선원이 이 모든 일에 관심이 없다는 듯 닻감개에 팔꿈치를 괸 채 서 있었다. 펠리시테는 그가 빅토르라는 것을 확인하지 못했으면서도 다짜고짜 "빅토르!" 하고 크게 소리쳤다. 그가 고개를 들었다. 그녀는 달려갔지만, 그 순간 갑자기 배의 사다리가 걷히고 말았다.

여자들이 노래하면서 밧줄을 당기자 연락선은 항구를 떠났다. 배에서 삐걱거리는 소리가 났고, 육중한 파도가 뱃머리를 때렸다. 배가 방향을 돌리자 사람의 모습은 더이상 보이지 않았다. 얼마 후, 달빛을 받아 은색으로 반짝이는 바다 위에서 배는 검은 점이 되었다가 차츰 희미해지더니 물에 잠기듯 마침내 사라져버렸다.

펠리시테는 칼베르 언덕 근처를 지나면서 그녀의 가장 소중한 사람을 보살펴달라고 하느님께 빌었다. 눈물범벅이 된 얼굴로 구름을 올려다보며 오랫동안 서서 기도를 드렸다. 마을은 잠들어 있었고, 세관원들이 어슬렁거렸다. 수문 구멍으로 물이 급류가 흘러내리는 소리를 내며 끊임없이 떨어졌다. 두시를 알리는 종이 울렸다.

수녀원 기숙사의 면회실은 동이 트기 전에는 열리지 않을 터였다.

늦게 돌아가면 주인마님이 언짢아하실 게 분명했다. 그녀는 또 한 명의 아이를 만나서 안아주고 싶었지만, 그냥 돌아왔다. 퐁레베크로 돌아왔을 때, 여인숙 하녀들이 잠에서 깨어나고 있었다.

그 가엾은 녀석은 몇 달 동안 파도 위를 떠다니겠지! 전에 조카가 항해에 나섰을 때는 별로 걱정되지 않았다. 영국이나 브르타뉴에서는 금방 돌아왔으니까. 그러나 미국이나 프랑스령 식민지들, 앤틸리스제도는 세상의 저 끝에 있는, 후미지고 불확실한 곳이었다.

그때부터 펠리시테는 조카만을 생각했다. 해가 나는 날이면 그 아이가 목마를까 걱정했고, 폭풍우 치는 날이면 벼락을 맞을까 염려했다. 벽난로에서 바람 소리가 으르렁대고 점판암 지붕이 들썩거리면, 그 아이가 몸을 뒤로 젖힌 채 부러진 돛대 꼭대기를 잡고 있다가 이런 세찬 바람을 맞아 파도 속으로 내동댕이쳐지는 모습이 떠올랐다. 혹은―판화 그림이 실린 지리책에서 본 것인데―조카가 야만인들에게 잡아먹히거나, 숲속에서 원숭이들에게 붙잡히거나, 황량한 해안에서 죽어가는 모습이 눈에 보이는 것 같았다. 그렇지만 그녀는 자신의 걱정을 누구에게도 털어놓지 않았다.

오뱅 부인도 딸 때문에 걱정이 많았다.

수녀들은 비르지니가 정 많고 감정이 풍부하지만 예민하다고 했다. 아주 사소한 일에도 신경질을 낸다는 것이었다. 피아노 배우는 것도 포기해야 할 정도였다.

오뱅 부인은 수녀원에 요구해서 정기적으로 편지를 받고 있었다. 어느 날 아침, 우체부가 오지 않자 그녀는 어쩔 줄 몰라했다. 그녀는 안락의자에서 창가까지 방안을 왔다갔다했다. 정말 이상한 일이었다! 나

흘씩이나 소식이 없다니!

펠리시테는 마님을 위로하기 위해 자신의 예를 들며 이렇게 말했다.

"저는요, 마님, 소식을 못 받은 지 여섯 달이 된 걸요!……"

"누구한테서?……"

하녀는 조용히 대답했다.

"그러니까……제 조카한테서요!"

"아! 자네 조카!" 오뱅 부인은 어깨를 으쓱하며 다시 방안을 서성였다. 마치 이렇게 말하고 싶은 것 같았다. '내가 알게 뭐야! 그따위 거지같은 꼬마 뱃놈을!…… 그에 비하면 내 딸은…… 나 원, 생각을 좀 해 봐!……'

아무리 하찮게 살아온 펠리시테라도 이때만큼은 마님에게 화가 치밀어올랐다. 곧 잊어버리긴 했지만.

어린 딸 일로 마님이 분별력을 잃어버리는 것도 그녀에게는 자연스러워 보였다.

그녀에게는 두 아이가 똑같이 소중했다. 그녀의 마음속에서 두 아이는 하나의 끈으로 묶여 있었고, 따라서 그 둘의 운명은 틀림없이 똑같을 것만 같았다.

약방 주인이 펠리시테에게 빅토르가 탄 배가 아바나에 도착했다고 알려주었다. 그는 그 소식을 신문에서 읽었던 것이다.

아바나는 시가로 유명했기 때문에 사람들이 다른 일은 하지 않고 시가만 피우는 곳이라고 그녀는 상상했다. 그래서 자연히 자욱한 연기 속에서 흑인들 사이를 돌아다니는 빅토르의 모습이 떠올랐다. '필요한 경우에는' 육로로 돌아올 수 있을까? 이곳 퐁레베크에서는 얼마나 떨어진 곳일까? 그녀는 부레 씨에게 그런 것들을 물어보았다.

부레 씨는 지도를 꺼내 경도에 대해 설명하기 시작했다. 그러더니 펠리시테가 당황해하는 모습을 보고는, 자기가 유식한 사람인 양 흐뭇한 미소를 지었다. 마침내 그는 타원형 얼룩처럼 들쭉날쭉 그려진 지역 가운데 눈에 보일락 말락 한, 검은 점을 연필로 가리키며 "바로 여기지"라고 말했다. 그녀는 몸을 숙여 지도를 들여다보았다. 여러 색깔의 선들이 이리저리 얽혀 있는 지도에 눈만 어지러울 뿐 아무것도 알 수가 없었다. 부레 씨가 뭐가 그리 어려운지 말해보라고 하자, 그녀는 빅토르가 묵고 있는 집을 가르쳐달라고 했다. 부레 씨는 두 팔을 들고 재채기를 하면서 큰 소리로 웃어댔다. 그토록 순진한 모습이 그는 너무나 재미있었다. 펠리시테는 그가 왜 그리 웃어대는지 도통 이해할 수가 없었다. 워낙 아는 것이 없는 그녀는 조카의 모습까지 볼 수 있으리라 기대했던 것이다!

보름 뒤, 여느 때처럼 장이 열렸다. 리에바르가 부엌으로 들어와서는 펠리시테의 제부가 보낸 편지 한 통을 전했다. 두 사람 다 글을 몰랐기 때문에 그녀는 마님에게 도움을 청했다.

뜨개질 콧수를 세고 있던 오뱅 부인은 뜨개질감을 옆에 놓고 편지를 뜯어 읽더니, 부르르 몸을 떨고는 안쓰러운 눈길로 그녀를 바라보며 낮은 목소리로 말했다.

"불행히도…… 자네에게 온 소식은…… 자네 조카가……"

조카는 죽었다. 그 밖에 다른 내용은 없었다.

펠리시테는 쓰러지듯 의자에 주저앉아 벽에 머리를 기대고는 눈을 감았다. 금세 눈시울이 붉어졌다. 이윽고 그녀는 깊이 고개를 숙이고 두 팔을 늘어뜨린 채 뭔가를 뚫어지게 바라보다가 띄엄띄엄 되풀이해서 말했다.

"가여운 것! 가여운 것!"

리에바르는 한숨을 내쉬며 그녀를 바라보았다. 오뱅 부인은 가볍게 몸을 떨었다.

부인은 그녀에게 트루빌로 가서 여동생을 만나보라고 했다.

펠리시테는 그럴 필요 없다고 고개를 저었다.

잠시 정적이 흘렀다. 리에바르 영감은 이제 돌아가는 게 좋겠다고 생각했다.

그때 그녀가 말했다.

"그애 부모한테는 아무 일도 아닐 텐데요, 뭐!"

그녀는 다시 고개를 숙였다. 그러고는 작업대에 놓인 기다란 뜨개바늘들을 기계적으로 들었다 놓았다 했다.

여자들이 물이 뚝뚝 떨어지는 빨래를 들것으로 나르며 마당을 지나갔다.

창문 너머 그네들을 보자 그녀는 자기 빨랫감이 생각났다. 간밤에 잿물에 담가두었으니 오늘은 헹궈야 했다. 그녀는 집밖으로 나갔다.

빨래판과 물통은 투크 강가에 놓여 있었다. 그녀는 셔츠 더미를 제방에 던져놓고는, 소매를 걷어붙이고 빨랫방망이를 집어들었다. 빨래를 힘차게 내려치는 그녀의 방망이질 소리는 근처 다른 집 마당에까지 들릴 정도였다. 목초지에는 아무도 없었고, 바람이 불어와 강물을 흔들었다. 강물 속에서는 길게 자란 수초가 물에 떠다니는 송장의 머리카락처럼 굽이져 움직이고 있었다. 그녀는 저녁이 될 때까지 괴로운 마음을 억누르고 의연하게 견뎌냈다. 하지만 방에 돌아와서는 슬픔을 주체하지 못하고 이불 위에 엎드려, 베개에 얼굴을 묻고 두 주먹을 관자놀이에 댄 채 흐느꼈다.

오랜 시간이 지난 후, 그녀는 빅토르가 탔던 배의 선장한테서 조카가 어떻게 죽었는지를 듣게 되었다. 그가 황열병에 걸렸을 때 병원에서 피를 지나치게 많이 뽑았다는 것이었다. 의사 네 명이 동시에 그에게 매달렸다. 그는 즉시 사망했고, 주임의사는 이렇게 말했다고 한다.

"제기랄! 또 한 명이 갔군!"

빅토르의 부모는 늘 그를 난폭하게 대했다. 펠리시테는 동생 내외를 두 번 다시 보지 않기로 했다. 무심해서인지 아니면 가난한 사람들의 각박함 때문인지, 그쪽에서도 더이상 연락해오지 않았다.

비르지니는 점점 쇠약해져갔다.

호흡 곤란과 기침이 반복되고, 고열이 계속되고, 광대뼈의 불룩한 부분에 푸른 반점이 생기는 등 뭔가 심각한 병의 징조가 보였다. 푸파르 선생은 프로방스로 요양을 가라고 권했다. 오뱅 부인은 그 충고를 따르기로 했다. 만약 퐁레베크의 기후가 나쁘지만 않았어도 그녀는 딸을 즉시 집으로 불렀을 것이다.

그녀는 마차 임대업자와 계약해서 화요일마다 수녀원에 다녀오곤 했다. 그곳 정원에는 센 강이 멀리 바라다보이는 평평한 테라스가 있었다. 비르지니는 어머니의 팔에 기댄 채 포도나무에서 떨어진 잎사귀들을 밟으며 그곳을 산책했다. 멀리 떠 있는 돛단배들과 탕카르빌 성에서 르아브르 항의 등대까지 뻗은 수평선을 바라볼 때면 이따금 구름 사이로 새어나오는 햇살 때문에 눈을 깜박거려야 했다. 그런 다음엔 푸른 잎으로 뒤덮인 정자 밑에서 쉬곤 했다. 오뱅 부인은 작은 나무통에 좋은 말라가산 포도주를 담아 왔다. 하지만 취하면 재미있겠다는 생각에 웃으면서 두 모금 정도만 맛볼 뿐 더이상 마시지는 않았다.

비르지니는 기운을 회복했다. 가을은 별일 없이 지나갔다. 펠리시테도 오뱅 부인을 안심시켰다. 그런데 어느 날 저녁 펠리시테가 일을 보고 돌아오니 문 앞에 푸파르 선생의 이륜마차가 서 있는 것이 보였다. 의사 선생은 현관에 있었다. 오뱅 부인은 모자의 끈을 매는 중이었다.

"내 발난로와 지갑, 장갑 좀 갖다줘. 자, 빨리!"

비르지니가 폐렴에 걸렸고, 모르긴 해도 상태가 절망적인 듯했다.

"아직은 괜찮아요!" 의사가 말했다. 두 사람은 마차에 올라탔다. 눈보라가 휘몰아치고 있었다. 어둠이 내리기 시작했다. 매우 추운 날씨였다.

펠리시테는 급히 성당으로 달려가 촛불을 밝혔다. 그런 다음 의사의 이륜마차를 쫓아 달리기 시작해, 한 시간 뒤에는 마차를 따라잡았다. 마차 뒤쪽에 가볍게 올라탄 그녀는 상자들을 매어둔 가죽띠를 붙잡고 섰다. 그때 문득 한 가지 생각이 떠올랐다. '참, 대문을 안 잠갔네. 도둑이 들면 어쩌지?' 그래서 그녀는 마차에서 내렸다.

다음날 새벽, 그녀는 의사 선생님을 찾아갔다. 그는 벌써 돌아왔다가 또 시골로 왕진을 나가고 없었다. 누군가 편지라도 가져오겠지 싶어 그녀는 여인숙에서 기다렸다. 그러다가 마침내 아침 일찍 리지외에서 오는 합승 마차에 올라탔다.

수녀원은 가파른 골목길 끝자락에 자리하고 있었다. 길 중간쯤 이르렀을 때, 죽은 사람을 애도하는 듯한 기묘한 종소리가 들렸다. '다른 사람일 거야' 하고 펠리시테는 생각했다. 그녀는 수녀원 현관문에 달린 쇠고리를 거세게 흔들었다.

몇 분 후 실내화 끌리는 소리가 나더니 문이 살며시 열리며 한 수녀가 나타났다.

수녀는 애도하는 표정으로 "그 아이가 막 세상을 떠났어요"라고 말했다. 바로 그때 성 레오나르 성당의 조종 소리가 크게 울려퍼졌다.

펠리시테는 삼층으로 뛰어올라갔다.

문턱에 들어서자마자 반듯하게 누워 있는 비르지니가 눈에 들어왔다. 아이는 두 손을 모으고 입을 벌린 채, 고개를 뒤로 젖히고 있었다. 아이의 머리 위, 미동도 하지 않는 커튼 사이에 검은 십자가가 매달려 있었다. 아이의 얼굴은 커튼보다도 창백했다. 오뱅 부인은 발치에서 침대 다리를 부여안고 오열했다. 오른편에는 원장 수녀가 서 있었다. 촛불 세 개가 서랍장 위에서 붉은 반점을 이루고 있었고, 창은 안개 때문에 희뿌옇게 흐려져 있었다. 수녀들이 오뱅 부인을 데리고 나갔다.

이틀 밤 내내 펠리시테는 시신 곁을 떠나지 않았다. 그녀는 똑같은 기도를 반복해 중얼거렸고, 침대 시트에 성수를 뿌린 다음 다시 돌아와 무릎을 꿇고는 시신을 바라보곤 했다. 첫째 날 밤이 끝나갈 무렵, 그녀는 비르지니의 얼굴이 누레지고 입술은 파래지고 코가 오므라들고 눈이 움푹 들어간 것을 알아차렸다. 그녀는 그 눈에 여러 번 입을 맞추었다. 설령 비르지니가 다시 눈을 떴다 해도 그녀는 많이 놀라지 않았을 것이다. 그녀와 같은 마음을 지닌 사람들에게는 초자연적인 일도 아주 자연스러운 일로 여겨지는 법이기 때문이다. 그녀는 시신의 얼굴을 곱게 꾸며주고 수의를 입힌 다음 관에 내려놓았다. 그러고는 화관을 얹은 뒤, 머리카락을 펼쳐주었다. 비르지니의 금발은 나이에 비해 놀라울 정도로 길었다. 펠리시테는 머리카락을 한 움큼 잘라내어 절반을 자기 가슴속에 집어넣고는, 무슨 일이 있더라도 이것을 버리지 않겠다고 다짐했다.

시신은 오뱅 부인의 뜻에 따라 퐁레베크로 옮겨졌고, 부인은 밀폐된 마차를 타고 영구차를 따라갔다.

미사가 끝난 뒤 묘지까지는 사십오 분 정도 가야 했다. 폴은 행렬 맨 앞에서 흐느껴 울며 걸었다. 부레 씨가 그 뒤를, 마을 유지들, 검정 외투로 몸을 감싼 부인들, 펠리시테가 차례로 뒤따랐다. 그녀는 조카를 생각했다. 조카에게는 이런 장례식을 치러주지 못했기 때문에, 마치 지금 그애가 비르지니와 함께 땅속에 묻히기라도 하는 양 펠리시테는 한층 더 슬퍼졌다.

오뱅 부인의 절망은 이루 말할 수 없었다.

처음에 그녀는 하느님을 원망했다. 한 번도 나쁜 짓을 하지 않았고 너무나도 순결한 영혼을 지녔던 딸을 데려가시다니, 그럴 수가! 그러나 곧 이렇게도 생각했다. '그래! 그애를 남프랑스로 데리고 가야 했어. 그랬다면 다른 의사들이 그앨 구했을 덴데!' 그녀는 자기 자신을 원망하며 딸의 뒤를 따르기를 원했고, 꿈속에서도 비탄에 잠겨 울부짖곤 했다. 그녀는 어떤 한 가지 꿈에 시달렸다. 뱃사람 복장을 한 그녀의 남편이 긴 여행에서 돌아와서는, 그녀에게 울면서 비르지니를 데려오라는 명령을 받았다고 말하는 꿈이었다. 그래서 두 사람은 비르지니를 어디에 숨겨야 할지 이리저리 따지며 깊이 생각하는 것이었다.

한번은 새파랗게 질려서 정원에서 집안으로 뛰어들어와서는 (정원을 가리키며) 방금 전에 남편과 딸이 그녀 앞에 나란히 나타나서는 아무 말 없이 그녀를 바라보기만 했다는 것이었다.

몇 달 동안 그녀는 꼼짝도 하지 않고 방에만 틀어박혀 있었다. 펠리시테는 조심스레 그녀를 다독였다. 아드님을 위해서도, 또한 '아가씨'를 오래도록 기억하기 위해서라도 몸을 돌보셔야 한다고.

"내 딸?" 하고 오뱅 부인은 꿈에서 깨어난 듯 그녀의 말을 되받았다. "아! 그래!…… 그래!…… 자네는 내 딸을 잊지 않고 있지!" 가능한 한 부인이 묘지에 관한 일을 떠올리지 않게 하려고 사람들은 무던히도 애를 썼지만 허사였다.

펠리시테는 매일같이 묘지에 갔다.

네시 정각이면 그녀는 늘어선 집들을 지나 비탈길을 올라가, 묘지 입구의 빗장을 열고는 비르지니의 무덤 앞에 이르곤 했다. 장밋빛 대리석으로 된 작은 원기둥이 세워진 무덤 아랫부분에는 평평한 돌 하나가 깔려 있었고, 그 주변에는 쇠사슬이 쳐져서 작은 정원을 이루고 있었다. 화단에는 꽃이 만발하여 바닥이 보이지 않을 정도였다. 그녀는 꽃에 물을 주고, 모래를 갈아주는가 하면, 무릎을 꿇고 앉아 화단의 흙을 일구기도 했다. 마침내 묘지에 가게 되었을 때 오뱅 부인은 그처럼 잘 관리된 무덤의 모습에 안도를 느끼며, 일종의 위로를 받은 것 같았다.

그렇게 몇 해가 흘러갔다. 해마다 돌아오는 부활절, 성모승천일, 만성절과 같은 대축일을 제외하고는 딱히 이렇다 할 일도 없이 똑같은 날들이었다. 집안에서 일어난 몇 가지 사소한 일들이 특별한 사건이나 되는 양 훗날 이야깃거리가 되었을 뿐이다. 이를테면 1825년에는 두 명의 유리업자가 현관을 새로 칠했다든가, 1827년에는 지붕의 일부가 안뜰에 떨어져 사람이 죽을 뻔했다든가 하는 것들이었다. 1828년 여름에는 오뱅 부인이 성찬식에서 나눌 빵을 봉헌할 차례가 되었다. 이 무렵에는 이상하게도 부레 씨가 모습을 보이지 않았다. 그리고 옛 지인들이 하나둘씩 세상을 떠났다. 기요, 기에바르, 르샵투아 부인, 로블랭, 오래전부터 몸이 마비된 그르망빌 아저씨 등등.

어느 날 저녁, 우편 마차의 마부가 7월혁명*이 일어났다는 소식을 퐁레베크에 알려주었다. 얼마 후에는 새로 임명된 군수가 왔다. 전에 미국 주재 영사였던 라르소니에르 남작으로, 그의 집에는 부인과 처제, 장성한 세 '아씨'가 있었다. 아씨들은 팔랑거리는 블라우스를 입고 자기 집 정원에 나타나곤 했다. 그들은 흑인 하인 하나와 앵무새도 한 마리 데리고 있었다. 오뱅 부인은 그들의 방문을 받았고, 그에 대한 답방도 잊지 않았다. 아씨들이 멀찌감치 보이기만 해도, 펠리시테는 마님에게 달려가 알려드렸다. 그러나 마님의 마음을 정말로 기쁘게 할 수 있는 것은 오로지 아들의 편지뿐이었다.

아들은 카페를 전전했기 때문에 제대로 된 직업을 가질 수 없었다. 그녀가 아들의 빚을 갚아주면 폴은 또다시 빚을 졌다. 오뱅 부인이 창가에서 뜨개질을 하면서 내쉬는 한숨 소리가 부엌에서 물레를 잣는 펠리시테의 귀에까지 들려왔다.

부인과 펠리시테는 과수원 울타리를 따라 함께 산책하곤 했는데, 그럴 때면 언제나 비르지니에 대한 이야기를 했다. 이런 것은 그애가 좋아하지 않았을까, 이런 경우 그애라면 이렇게 말하지 않았을까 하는

---

* 1830년 7월 프랑스 파리에서 일어난 시민혁명.

식으로 서로에게 물어보았다.

비르지니가 쓰던 소소한 물건들은 모두 두 개의 침대가 놓인 방의 벽장에 들어 있었다. 오뱅 부인은 웬만하면 그 벽장을 열지 않으려 했다. 그러던 어느 여름날 열어보고 말았는데, 거기서 나비 몇 마리가 날아 나왔다.

비르지니의 옷들은 선반 아래 가지런히 놓여 있었고 위에는 인형 세 개, 굴렁쇠 몇 개, 소꿉놀이 한 세트, 그리고 그녀가 쓰던 대야 하나가 있었다. 부인과 펠리시테는 속치마와 양말, 손수건 등을 모두 꺼내어 다시 개놓기 전에 두 개의 침대 위에 펼쳐놓았다. 햇빛이 이 가련한 물건들을 환히 비추자 얼룩이라든지 몸의 움직임 때문에 생긴 주름들이 보였다. 무덥고 맑은 날씨에 티티새 한 마리가 지저귀고, 만물이 깊은 평온함 속에서 살아 있는 것 같았다. 두 여자는 플러시 천으로 만든, 긴 털이 달려 있는 작은 갈색 모자 하나를 발견했는데, 그 모자는 온통 좀이 슬어 있었다. 펠리시테는 그것을 자기가 간직하겠다고 했다. 서로를 바라보던 두 사람의 눈에는 눈물이 그렁그렁했다. 이윽고 마님이 두 팔을 벌렸고 하녀는 그 품에 뛰어들었다. 두 사람은 힘껏 서로를 껴안은 채, 주인과 하녀의 신분 차이를 잊고 입맞춤을 나누며 서로의 고통을 달랬다.

그 두 사람에게 이런 일은 처음이었다. 오뱅 부인은 결코 마음을 드러내는 사람이 아니었다. 펠리시테는 은혜라도 입은 듯 그 일을 감사히 여겼고, 그날부터는 집에서 기르는 짐승처럼 헌신적으로, 그리고 종교적 대상을 숭배하듯 부인을 극진히 섬겼다.

펠리시테의 착한 심성은 더 높은 단계로 나아갔다.

거리에서 행진하는 군대의 북소리가 들려오면 그녀는 사과주 단지를 들고 문 앞으로 나가 병사들에게 마시게 했다. 콜레라 환자들을 돌봐주기도 했다.* 또 폴란드에서 망명 온 사람들도 도와주었는데,** 그들 중 한 사람이 그녀에게 결혼을 신청하기도 했다. 하지만 두 사람 사이는 곧 틀어지고 말았다. 어느 날 아침 그녀가 삼종기도를 마치고 돌아와 보니, 그 사내가 허락도 없이 부엌에 들어와 고기에 초기름 소스를 쳐서 태연히 먹고 있었기 때문이다.

폴란드 사람들 다음으로 그녀가 돌봐준 사람은 콜미슈 영감이었다. 그는 1793년***에 끔찍한 일을 저질렀다고 알려진 늙은이였다. 그는 강가의 다 쓰러져가는 돼지우리에 살고 있었다. 개구쟁이들이 벽의 갈라진 틈새로 그를 지켜보다가 돌을 던지면 그 돌은 그의 초라한 침대 위로 떨어졌다. 노인은 누워 있는 침대가 요동칠 정도로 심한 기침을 계속 해댔다. 그의 머리털은 덥수룩했고 두 눈꺼풀은 곪아 있었으며 팔뚝에는 그의 머리보다 더 큰 종기가 나 있었다. 펠리시테는 그에게 속옷을 마련해주었고, 지저분하고 더러운 그의 숙소를 청소해주었으며, 마님께 폐가 되지 않는다면 빵 반죽하는 곳에 그가 묵을 곳을 마련해주면 어떨까 하는 생각도 해봤다. 노인의 종기가 곪아 터지자 그녀는 매일 그를 간호했다. 때때로 갈레트****를 가져다주는가 하면, 짚단을 풀

---

* 1832년 콜레라가 프랑스를 휩쓸어 2만여 명의 시민이 숨졌다.

** 1830년 제정러시아의 폭정에 대항해 반란을 일으켰으나 실패하자 많은 폴란드인이 프랑스로 이주했다.

*** 프랑스혁명 때 정권을 장악한 자코뱅파의 공포정치 시기를 말한다.

**** 밀가루에 계란, 설탕, 우유, 버터를 섞어서 살짝 구운 음식.

어 땅에 깔고 그 위에 앉혀 볕을 쪼이게도 했다. 그러면 불쌍한 노인은 침을 흘리고 몸을 벌벌 떨면서 힘없는 목소리로 고맙다고 말했다. 그리고 그녀가 떠나려고 하면 마치 영영 가버릴까봐 두렵다는 듯 손을 내뻗곤 했다. 마침내 그는 죽고 말았다. 펠리시테는 그의 영혼이 편히 쉴 수 있도록 미사를 부탁했다.

바로 그날 그녀에게 참으로 기쁜 일이 하나 생겼다. 저녁식사를 하는데 라르소니에르 부인의 흑인 노예가 새장 속의 앵무새와 홰, 사슬, 맹꽁이 자물쇠를 들고 나타난 것이다. 남작 부인이 오뱅 부인 앞으로 보낸 쪽지에는 그녀의 남편이 도지사로 승진해서 오늘밤 가족이 모두 떠나게 되었다고 쓰여 있었다. 남작 부인은 기념과 존경의 표시로 앵무새를 보내니 받아달라고 청했다.

그 새는 오래전부터 펠리시테의 상상 속에 자리잡고 있었다. 미국에서 온 새였기 때문이다. '미국'이라는 단어는 그녀에게 빅토르를 떠올리게 했다. 그래서 흑인 노예에게 미국에 대해 이것저것 물어보기도 했다. 한번은 이렇게 말한 일도 있었다. "그 새를 갖게 된다면 마님이 무척 기뻐하실 텐데!"

흑인 노예는 그 말을 자신의 주인마님에게 전했고, 앵무새를 데리고 갈 수 없었던 그녀는 그런 식으로 새를 처분해버렸다.

4

앵무새의 이름은 룰루였다. 몸통은 초록빛이고 날개 끝은 장밋빛이었으며, 볏은 푸른빛이었고, 목 언저리는 황금빛이었다.

그런데 이놈은 홰를 물어뜯는 고약한 버릇이 있었다. 자기 깃털을 뽑아대거나 배설물을 흩어놓고 물통의 물을 내쏟기도 했다. 진저리가 난 오뱅 부인은 그놈을 펠리시테에게 아예 줘버렸다.

그녀는 앵무새를 훈련해보기로 했다. 얼마 안 있어 이놈은 몇 마디 말을 지껄이게 되었다. "멋진 도련님! 당신의 충직한 종이 인사드립니다, 나리! 은총이 가득하신 마리아님!" 룰루의 새장은 현관문 옆에 놓여 있었는데, 자코*라고 불러도 이 새가 대답을 하지 않자 몇몇 사람들은 이상하게 생각했다. 당시 앵무새들의 이름은 모두 자코였기 때문이다. 그래서 사람들은 룰루를 머저리나 얼간이쯤으로 여겼다. 그 말을 들을 때마다 펠리시테는 가슴에 칼이 박히는 기분이었다! 룰루에게는 이상한 고집이 있어 사람들이 자기를 쳐다보면 결코 입을 열지 않았던 것이다!

그래도 룰루는 사람들과 함께 있기를 원했다. 일요일마다 로슈퓌유 댁 아씨들, 드 우프빌 씨 그리고 최근에 자주 집에 오는 새로운 손님들(약사인 옹프루아, 바랭 씨, 마티외 대위)이 카드놀이를 하는 동안, 새가 날개로 유리창을 치고 너무나 격렬하게 날뛰어서 사람들은 서로의 말을 알아듣지 못할 지경이었다.

아마도 새에게는 부레 씨의 얼굴이 괴상하게 보였던 모양이다. 룰루는 그의 얼굴을 보자마자 한껏 웃어댔다. 새의 웃음소리가 마당으로 넘쳐 메아리처럼 울려퍼지면 이웃 사람들은 창가에 얼굴을 내밀고는

---

* 'jacquot' 또는 'jaco'로 표기한다. 서아프리카에 서식하는, 말을 잘하는 회색 앵무새로 꼬리가 붉은색이다.

함께 웃곤 했다. 그래서 부레 씨는 앵무새의 눈에 띄지 않으려고 모자로 얼굴을 가린 채 벽에 바짝 붙어 강가까지 간 다음 정원의 문으로 돌아 들어오곤 했다. 그런 연유로 그가 새를 바라보는 시선은 고울 리가 없었다.

한번은 룰루가 정육점 점원의 바구니 속에 섣불리 머리를 집어넣었다가 손가락으로 딱밤을 맞은 일이 있었다. 그때 이후로 새는 점원만 보면 그의 셔츠 속을 쪼려고 했다. 그러면 점원 파뷔는 새의 목을 비트는 시늉을 하며 겁을 주었다. 비록 그가 팔에 문신을 하고 구레나룻을 길렀어도 본디 성질이 잔인한 사람은 아니었다. 오히려 정반대였다! 그는 앵무새를 좋아했고, 장난삼아 새에게 욕을 가르치고 싶어했다. 펠리시테는 앵무새가 그런 못된 말버릇을 배울까봐 무서워서 새를 부엌으로 옮겨놓았다. 사슬을 풀어놓으니 새는 집안 곳곳을 돌아다녔다.

새는 계단을 내려올 때 구부러진 부리를 발판에 댄 채 오른발과 왼발을 차례로 들어올리곤 했다. 그러한 동작을 하다가 현기증이라도 나면 어쩌나 펠리시테는 걱정이었다. 결국 새가 병에 걸렸다. 말도 하지 못하고 먹을 수도 없었다. 암탉들이 가끔 걸리는 혀 아랫부분이 딱딱하게 굳어버리는 그런 병이었다. 펠리시테는 손톱으로 부은 부분에 생긴 얇은 막을 벗겨내어 치료해주었다. 한번은 폴 도련님이 분별없게도 새의 콧구멍에다 담배 연기를 내뿜은 적이 있었다. 어느 날은 로르모 부인이 양산 끝으로 새를 약 올렸다. 그러자 새는 양산 끝에 끼운 뾰족한 쇠를 덥석 물었다. 그러고는 어디론가 사라져버렸다.

펠리시테가 새에게 기운을 불어넣어주기 위해 풀밭 위에 새를 놓아둔 채 잠깐 자리를 비웠는데, 그녀가 돌아와 보니 앵무새가 없어져버렸던 것이다. 그녀는 우선 덤불 속을 뒤져보고 강가도 찾아보고 동네 집들의 지붕에까지 올라가보았다. "조심해! 미친 여자처럼 뭐라는 거야!" 하고 외치는 마님의 고함소리도 아랑곳하지 않았다. 그런 다음 퐁레베크의 정원이란 정원은 죄다 살펴보았다. 그녀는 지나가는 사람을 붙잡아 세우고는 "혹시 제 앵무새 못 보셨어요?"라고 묻기도 했다. 앵무새를 모르는 사람을 만나면 앵무새의 모습에 대해 자세히 설명해주었다. 문득 그녀는 언덕 아래 있는 방앗간 뒤쪽에서 초록빛을 띤 뭔가가 날아다닌 것을 언뜻 본 것 같았다. 그러나 언덕에 올라가보니 아무것도 없었다! 한 보따리장수가 방금 전에 생블렌의 시몽 아주머니네 가게에서 룰루를 보았노라고 확신에 차서 말했다. 그녀는 그리로 달려갔다. 그러나 시몽 아주머니는 그녀가 무슨 이야기를 하는지도 몰랐다. 마침내 그녀는 기운이 다 빠져 몸도 가누지 못할 지경이 되어 집으로 돌아왔다. 그녀의 신발은 다 해져서 너덜너덜해졌으며, 너무나 슬퍼서 탄식이 절로 나올 지경이었다. 그녀는 마님 곁에 있는 긴 의자에 앉아 새를 찾아나서게 된 자초지종을 다 이야기했다. 바로 그때 솜털처럼 가벼운 뭔가가 그녀의 어깨 위에 내려앉았다. 룰루였다! 도대체 이놈은 뭘 하고 다닌 거지? 아마 근방을 쏘다녔나봐!

룰루는 돌아왔지만 그녀는 쉽사리 기력을 회복하지 못했다. 아니, 영영 회복하지 못했다고 하는 편이 옳았다.

몸이 오슬오슬 춥고 떨리는가 싶더니 뒤이어 목구멍에 염증이 생겼다. 얼마 지나고 나서는 귓병을 앓았다. 삼 년 후에는 귀가 아예 멀고 말았다. 그래서 그녀는 성당에서까지 아주 큰 소리로 말하곤 했다. 그녀가 고해한 죄가 교구 구석구석까지 널리 알려진다 해도 그녀에게 수

치스러운 것도 아니고 마을 사람들에게 그리 지장을 주는 것도 아니었지만, 사제는 앞으로 그녀에게는 제의실 안에서만 고해성사를 주는 편이 낫겠다고 판단했다.

마침내 그녀는 윙윙거리는 환청에 시달리는 지경이 되었다. 주인마님은 종종 이렇게 말하곤 했다. "맙소사! 어쩜 저렇게 바보 같을까!" 그러면 그녀는 무언가를 찾는 듯 주위를 두리번거리면서 이렇게 대답하곤 했다. "그럼요, 마님."

자그마했던 그녀의 세계가 더욱 작아졌다. 시간을 알리는 성당의 종소리도, 황소의 울음소리도 그녀에겐 더이상 존재하지 않았다. 모든 것들이 유령처럼 소리 없이 움직일 뿐이었다. 오직 한 가지 소리만이 그녀의 귀에 들렸는데, 그건 바로 앵무새의 소리였다.

마치 그녀를 즐겁게 해주려는 듯, 앵무새는 시계의 부품들이 맞물려 돌아가는 똑딱 소리, 생선장수가 날카롭게 외치는 소리, 맞은편에 살고 있는 목수의 톱질 소리 따위를 따라 하곤 했다. 그리고 현관의 종이 울리면 오뱅 부인의 말투를 흉내내어 떠들었다. "펠리시테! 문 열어! 문 열라고!"

그녀와 새는 곧잘 대화를 나누었는데, 새가 할 줄 아는 말을 세 마디쯤 싫증나도록 반복하면, 그녀는 앞뒤가 맞지는 않지만 애정이 듬뿍 담긴 말로 대답하는 식이었다. 고독한 그녀에게 룰루는 자식이자 애인이나 마찬가지였다. 새는 그녀의 손가락을 타고 기어올라오기도 하고 그녀의 입술을 가볍게 물어뜯거나 숄에 매달리기도 했다. 그리고 그녀가 젖먹이 아이를 달래는 유모처럼 고개를 흔들며 몸을 숙일 때면, 그녀 모자의 넓은 챙이 새의 깃과 함께 흔들렸다.

구름이 몰려오고 천둥이 치면, 자기가 태어난 숲에서의 갑작스러운 폭우가 생각나는지 앵무새는 날카롭게 울어댔다. 쏟아져내리는 물이 새를 더욱 흥분시켰다. 새는 미친듯이 날아다녔다. 천장까지 날아올라 온갖 것을 뒤집어놓기도 했고, 창문을 통해 정원으로 날아가서는 진창 속에서 절벅거리기도 했다. 그러다가도 금방 돌아와 벽난로의 장작 받침쇠 위에 앉아 깃털을 말리느라 깡충거리면서 때로는 꼬리를, 때로는 부리를 내보이는 것이었다.

1837년 몹시 추웠던 어느 겨울날 아침, 펠리시테는 추위 때문에 벽난로 앞에 놓아두었던 앵무새가 머리를 아래로 떨구고 발톱으로 철망을 움켜쥔 채 새장 한가운데서 죽어 있는 것을 발견했다. 뇌충혈腦充血로 죽은 것이 분명했다. 그런데도 그녀는 새가 독초를 먹고 죽은 것이라 확신했다. 아무런 증거가 없었는데도 그녀는 파뷔의 짓이라고 의심했다.

그녀가 어찌나 슬피 울어대는지 주인마님이 마침내 그녀에게 말했다. "아, 그래! 그걸 박제로 만들어봐!"

그녀는 앵무새에게 늘 친절했던 약사에게 자문을 구했다.

그는 르아브르로 편지를 보냈다. 펠라셰르라는 사람이 박제를 해주기로 했다. 합승 마차에서는 종종 분실 사고가 있었기에 그녀는 죽은 앵무새를 데리고 직접 옹플뢰르에 가기로 했다.*

길 양편으로 잎이 다 떨어진 사과나무들이 길게 늘어서 있었다. 도랑은 꽁꽁 얼어붙었고, 농가 주위에서는 개들이 짖어댔다. 그녀는 짧

---

* 옹플뢰르에서 르아브르까지 연락선이 다닌다.

은 케이프 안쪽에 손을 집어넣고 조그만 검정 나막신을 신고 장바구니를 든 채, 길 한복판을 잰걸음으로 걸어나갔다.

그녀는 숲을 가로지른 다음 오셴을 지나 생가티앵에 닿았다.

그녀 뒤편에서는 우편 마차 한 대가 먼지구름을 일으키며 내리막길을 질풍처럼 내달려오고 있었다. 비킬 생각도 없이 태연히 길 한복판을 걷는 이 여인을 보고 말몰이꾼은 마차 덮개 위로 벌떡 일어나 고함을 쳤고, 마부도 소리를 질렀다. 마부가 속도를 늦춰보려 했지만 네 마리의 말은 속력을 더할 뿐이었다. 마침내 앞 열의 말 두 마리가 그녀와 부딪칠 지경에 이르렀다. 마부는 고삐를 힘껏 당겨 그 말들을 길 가장자리 쪽으로 몰았다. 화가 난 마부는 팔을 쳐들어 굵은 채찍으로 그녀의 배에서 목덜미까지를 후려쳤고, 그 충격에 그녀는 벌러덩 나자빠지고 말았다.

정신이 들자, 그녀는 무엇보다 바구니부터 열어보았다. 다행히 룰루는 무사했다. 그녀는 오른쪽 뺨이 화끈거리는 것을 느꼈다. 거기에 손을 댔더니 뭔가 빨갛게 묻어 나왔다. 피가 나고 있었던 것이다.

그녀는 자갈더미에 앉아 손수건으로 얼굴을 가볍게 닦은 후, 바구니 속에 혹시 몰라 넣어둔 빵껍질 한 조각을 먹었다. 그러고는 새를 바라보면서 상처를 달랬다.

에크모빌 언덕 꼭대기에 이르자, 어둠 속에서 별처럼 반짝이는 옹플뢰르 항구의 불빛들이 보였다. 저멀리 바다가 막막히 펼쳐져 있었다. 그러자 문득 마음이 약해져 그녀는 발걸음을 멈추었다. 비참한 어린 시절, 첫사랑에 대한 절망, 조카와의 이별, 비르지니의 죽음에 대한 기억들이 밀물처럼 한꺼번에 목구멍까지 치밀어올라 숨을 쉴 수가 없었다.

그녀는 연락선의 선장에게 다짐을 받고 싶었다. 자기가 보내는 것이 무엇인지 밝히지도 않은 채 그에게 이런저런 당부를 했다.

앵무새는 오랫동안 펠라셰르에게 가 있었다. 박제사는 늘 다음주에 보내주겠다는 말만 되풀이했다. 여섯 달이 지난 후, 그는 상자 하나가 갈 거라고 알려왔다. 그렇지만 상자는 오지 않았다. 이제 결코 룰루를 돌려받지 못할 것만 같았다. '놈들이 내게서 그걸 훔쳐갔어!' 그녀는 생각했다.

그러던 중 마침내 앵무새가 도착했다. 나사로 마호가니 받침대에 고정시킨 나뭇가지 위에 꼿꼿이 서서 한쪽 발을 든 채 고개를 갸웃거리며 입에는 호두를 물고 있는, 참으로 근사한 모습이었다. 화려한 것을 좋아하는 박제사는 호두에 금박을 입혀놓기까지 했다.

펠리시테는 박제된 앵무새를 자기 방에 갖다놓았다.

손님을 거의 들이지 않는 그녀의 방은 예배당 같기도 하고 잡화점 같기도 했다. 그만큼 그곳은 종교의식에 쓰는 여러 가지 물건들과 온갖 잡동사니들로 가득했다.

방에는 커다란 옷장이 있어 문을 여닫기가 불편했다. 정원을 향해 튀어나와 있는 창문의 맞은편에는 타원형 창이 하나 있었는데, 그곳에서는 안뜰이 내려다보였다. 가대식架臺式 침대 옆 탁자에는 물동이 하나, 빗 두 개와 함께 파란색 각 비누가 이 빠진 접시에 담겨 있었다. 벽에는 여러 개의 묵주와 목걸이, 서너 개의 성모마리아상, 야자열매로 만든 성수반聖水盤 등이 걸려 있었다. 마치 제대처럼 천을 덮어놓은 서랍장 위에는 빅토르가 그녀에게 선물한 조개껍데기 상자와 물뿌리개,

공 한 개, 습자 공책 몇 권, 판화로 된 지리책, 편상화 한 켤레가 놓여 있었다. 그리고 거울을 걸어놓은 못에는 플러시 천으로 만든 작은 모자 하나가 리본에 매달려 있었다! 펠리시테는 추억의 물건들을 중히 여기는 정도가 좀 지나쳐 주인 나리의 프록코트 한 벌까지도 보관하고 있을 정도였다. 그녀는 오뱅 부인이 더이상 필요로 하지 않는 낡아빠진 것들을 모두 거두어 자기 방에 갖다놓았다. 서랍장 가장자리에 놓인 조화와 구멍 뚫린 벽의 움푹 들어간 부분에 걸려 있는 아르투아 백작*의 초상화는 그렇게 해서 생긴 것이다.

작은 판자에 받쳐진 룰루는 방 가운데까지 튀어나온 벽난로 위에 놓였다. 매일 아침, 잠에서 깨어나면 그녀는 여명의 빛 속에서 그 새를 바라보곤 했다. 그러면 지나간 날들이며 부질없던 일들을 자잘한 데까지, 아무런 고통도 없이 평안한 마음으로 떠올릴 수 있었다.

그 누구하고도 연락을 하지 않았기에 그녀는 몽유병자처럼 혼미한 상태로 살았다. 성체축일의 행렬이 그녀에게 생기를 불어넣었다. 그녀는 거리에 세워질 임시 제단을 아름답게 꾸미기 위해 이웃집 여자들에게 촛대며 돗자리를 부탁하러 다녔다.

성당에 가면 그녀는 언제나 성령강림 그림을 바라보았고, 그 형상이 어딘지 모르게 앵무새와 닮은 데가 있다고 생각했다. 주 예수의 세례 장면을 묘사한 에피날 판화**에서는 그 둘의 유사함이 더욱 분명하게 느껴졌다. 자줏빛 날개와 에메랄드빛 몸통은 정말이지 룰루의 모습 그 자체였다.

---

* 샤를 10세를 말한다.
** 프랑스의 전통 색채 목판화로, '에피날'은 프랑스 로렌 지방의 한 도시 이름이다.

그녀는 그 그림을 사서 아르투아 백작의 초상화 자리에 걸었고, 그리하여 성령 그림과 앵무새를 한눈에 볼 수 있게 되었다. 그녀의 머릿속에서 그 둘은 서로 완벽한 조화를 이루었다. 앵무새는 성령과 관계되어 성스럽게 여겨졌고, 성령은 그녀의 눈에 더 생생해졌고, 이해할 수 있는 것이 되었다. 하느님은 자신의 뜻을 전하기 위해 비둘기를 선택하셨을 리가 없다. 왜냐하면 비둘기는 말을 못하니까. 대신 아마 룰루의 조상들 중 하나를 택하셨을 것이다. 펠리시테는 성령강림 그림을 보면서 기도하다가 이따금 앵무새 쪽을 바라보기도 했다.

그녀는 마리아 자매회*에 가입하고 싶어했다. 오뱅 부인은 그것을 말렸다.

그 무렵 매우 중요한 일이 생겼으니, 바로 폴의 결혼이었다.

폴은 처음에는 공증인의 서기 노릇을 했고, 이어서 장사도 하고, 세관과 세무서에서도 일했고, 심지어 산림경영청에도 자리를 얻어보려고 했다. 그러던 중, 서른여섯의 나이에 갑자기 하늘의 계시라도 받은 듯 자신의 길을 찾았던 것이다. 바로 등기소 일이었다! 그가 그 방면에서 아주 뛰어난 능력을 보인 덕에 검사관이 자기 딸을 그에게 주고 후견인이 되겠다는 제안을 했다.

한결 건실해진 폴이 신부를 어머니에게 데리고 왔다.

그녀는 퐁레베크의 관습을 비웃고 헐뜯으며 공주님처럼 행세해서 펠리시테의 마음을 상하게 했다. 그녀가 떠나자 오뱅 부인은 무거운 짐이라도 내려놓은 듯한 기색이었다.

* 1838년 애덕(愛德) 수녀회 소속 수녀인 카트린 라부레가 성령강림을 경험한 이후 설립한 단체.

그다음주에는 브르타뉴 서쪽 지역의 한 여인숙에서 부레 씨가 사망했다는 소식이 들려왔다. 자살했다는 소문이 사실로 확인되었고, 그의 정직성에 대해서도 수많은 의혹이 제기되었다. 오뱅 부인도 회계장부를 검토해보았는데, 금세 그가 저지른 비리들이 줄줄이 드러났다. 연체금을 횡령하고, 목재를 밀매하고, 영수증을 위조한 일 등 수도 없었다. 게다가 그에게는 사생아도 있었고, '도젤레의 어떤 여자와 내연의 관계'까지 맺고 있었다.

이러한 파렴치한 행위들은 오뱅 부인의 마음을 몹시 아프게 했다. 1853년 3월 그녀는 가슴에 심한 통증을 느꼈고, 혀에는 백태가 끼었다. 거머리로 피를 뽑아보았으나 고통은 가라앉지 않았다. 병이 난 지 아흐레째 되는 날 저녁, 그녀는 만 일흔두 살의 나이로 숨을 거두고 말았다.

희미하게 곰보 자국이 있는 파리한 얼굴을 감싸듯이 앞가르마를 탄 갈색 머리 때문에 그녀는 나이보다 젊어 보였다. 그녀의 죽음을 안타까워하는 사람은 별로 없었다. 태도가 거만했기 때문에 사람들은 그녀에게 가까이 가려 하지 않았다.

주인이 죽었다고 우는 하녀란 거의 없는 법인데, 펠리시테는 정말 슬퍼하며 눈물을 흘렸다. 마님이 자기보다 먼저 죽었다는 사실이 그녀를 혼란에 빠뜨렸다. 그런 일은 세상의 순리에 어긋나며, 도저히 받아들일 수 없는 끔찍한 일로 여겨졌던 것이다.

열흘 후(브장송에서 달려오는 데 걸리는 시간이었다) 상속자인 폴과 그의 부인이 들이닥쳤다. 며느리는 서랍들을 뒤졌고, 가구들을 골라냈으며, 나머지는 팔아치웠다. 그런 다음 그들은 등기소로 돌아갔다.

마님의 안락의자, 작고 둥근 탁자, 발난로, 여덟 개의 의자 등은 팔려나갔다. 판화들이 걸려 있던 자리는 노란 네모꼴로 칸막이벽 위에 또렷하게 드러났다. 매트리스와 함께 어린이용 침대 두 개도 실려 나갔고, 벽장 속에 있던 비르지니의 소소한 물건들도 몽땅 사라져버렸다. 펠리시테는 비탄에 잠겨 계단을 올라갔다.

이튿날 대문에 쪽지 한 장이 나붙었다. 집이 팔릴 것이라고 약사가 그녀의 귀에 대고 큰 소리로 말해주었다.

그녀는 비틀대다가 그 자리에 주저앉고 말았다.

무엇보다 그녀를 절망에 빠뜨린 것은 자신의 방을 내주어야 한다는 사실이었다. 불쌍한 룰루에게 그토록 안락한 그곳을! 불안하고 두려운 시선으로 새를 뚫어지게 바라보면서 그녀는 성령에게 간절히 기도했고, 그러다가 앵무새 앞에 무릎을 꿇고 기도를 드리는 우상숭배의 습관이 생기고 말았다. 때때로 지붕창을 통해 들어오는 햇빛이 앵무새의 유리 눈알에 닿아 눈부시게 반짝이면 그녀는 황홀경에 빠지곤 했다.

주인마님의 유언에 따라 그녀는 380프랑의 연금을 받게 되었다. 게다가 뜰에다가는 채소를 키울 수 있었다. 옷은 죽을 때까지 입을 만큼 많았고, 해가 지기 무섭게 잠자리에 들어 등불값도 절약했다.

그녀는 거의 밖으로 나가지 않았다. 이 집에 있던 옛 가구들 몇 개가 진열되어 있는 고물상 앞을 지나기가 싫었기 때문이다. 지난번에 크게 한번 실신한 이후로 펠리시테는 한쪽 다리를 절었다. 게다가 기력도 다 떨어져서, 식료품점을 하다 망한 시몽 아주머니가 매일 아침 와서 장작을 패주고 물을 길어다주었다.

그녀는 눈도 잘 보이지 않게 되었다. 덧문은 굳게 닫힌 채 열리지 않았다. 그렇게 여러 해가 흘러갔다. 세를 들겠다는 사람도, 집을 사겠다는 사람도 없었다.

쫓겨날까 두려워 펠리시테는 집을 손볼 생각을 전혀 하지 않았다. 지붕 판자가 썩어서 겨울 내내 그녀의 베개는 축축하게 젖어 있었다. 부활절이 지나고 봄이 될 무렵 그녀는 피를 토했다.

그러자 시몽 아주머니가 의사를 불러왔다. 펠리시테는 자기가 무슨 병에 걸렸는지 알고 싶었다. 그러나 귀가 너무 어두워진 탓에 '폐렴'이라는 단어 하나만 겨우 들을 수 있을 뿐이었다. 그 병은 그녀도 아는 것이었고, 마님을 뒤따르는게 당연하다고 생각해서 그녀는 그저 조용히 '아! 주인마님처럼!' 하고 대꾸할 뿐이었다.

거리에 임시 제단을 세우는 시기가 다가오고 있었다.

첫번째 제단은 여느 때처럼 언덕 아래에 세우고, 두번째는 우체국 앞에, 세번째는 도로 한복판을 향해 세울 예정이었다. 그런데 세번째 장소를 놓고 이견이 생기는 바람에, 결국 마을의 여자 신도들은 오뱅 부인의 안뜰을 세번째 제대의 자리로 정했다.

호흡 곤란과 고열은 점점 심해졌다. 펠리시테는 제단을 세우는 일에 아무런 도움도 줄 수 없어서 슬펐다. 최소한 그 제단에 무엇이든 바칠 수 있으면 좋으련만! 그러다가 그녀는 앵무새를 생각해냈다. 동네 여자들은 당치않다며 반대했다. 하지만 주임신부가 허락을 해주었다. 그녀는 너무나 기쁜 나머지 신부님께 자기가 죽은 뒤에도 자신의 유일한 재산인 룰루를 받아달라고 애원했다.

화요일부터 성체축일 전날인 토요일까지 그녀의 기침은 더욱 심해졌다. 그날 저녁 그녀의 얼굴은 쭈글쭈글해졌고 입술이 잇몸에 달라붙

었으며 구토가 시작되었다. 이튿날 동틀 무렵 마지막임을 감지한 그녀
는 사제를 불러달라고 부탁했다.

병자성사를 하는 동안 세 명의 여인이 그녀를 둘러쌌다. 그녀는 파
뷔에게 할말이 있다고 고백했다.

그는 미사에 갈 때처럼 단정한 차림으로 나타났는데, 이런 침울한
분위기에 마음이 불편한 것 같았다.

"저를 용서해주세요." 그녀는 팔을 뻗치려고 애를 쓰면서 말했다.
"앵무새를 죽인 게 당신인 줄 알았어요."

이게 도대체 무슨 소리야? 나 같은 사람을 살해자로 의심하다니! 나
같은 사람을! 그는 화를 참을 수 없어 한바탕 소동을 부리려 했다. 그
러자 사람들이 붙들고 말렸다. "보다시피 이 사람은 제정신이 아니니
참으시게!"

펠리시테는 이따금 망령을 향해 말을 걸었다. 여자들은 집으로 돌아
갔고 시몽 아주머니는 점심을 먹었다.

잠시 후 아주머니는 룰루를 펠리시테에게 가까이 가져갔다.

"자! 작별 인사를 해야지!"

박제를 했는데도 앵무새는 온통 벌레가 슬었고, 한쪽 날개가 부러져
있었다. 배에서는 대마 부스러기가 삐져나왔다. 하지만 이제 눈이 먼
그녀는 앵무새의 이마에 입을 맞추고 자기 볼에다 꼭 갖다댔다. 시몽
아주머니는 앵무새를 받아 임시 제단 위에 놓았다.

5

목장의 초목들이 여름 냄새를 실어왔다. 파리들이 윙윙 날고 있었다. 햇빛에 강물이 반짝이고, 점판암 지붕이 달아올랐다. 시몽 아주머니는 방으로 돌아와 살며시 잠이 들었다.

성당의 종소리에 그녀는 잠에서 깨어났다. 저녁 예배를 마친 사람들이 밖으로 나오고 있었다. 어지러웠던 펠리시테의 정신은 진정되었다. 그녀는 성체 행렬을 따라가는 듯이 머릿속으로 그것을 그려보았다.

학교의 모든 아이들과 성가대원들 그리고 소방대원들이 인도를 행진하고 있었다. 반면 도로 한복판으로는 미늘창을 든 성당 경비원들이 맨 앞에, 그 뒤로 커다란 십자가를 든 성당지기, 장난꾸러기들을 감독하는 주일학교 선생, 어린 소녀들을 보살피는 수녀가 걸어갔다. 천사처럼 곱슬머리를 한, 가장 귀여운 소녀 셋이 장미꽃 이파리를 공중에 흩뿌리고 있었다. 부副사제가 팔을 벌려 연주를 지휘했고, 향을 치는 두 명의 시종은 발걸음을 옮길 때마다 성체 쪽을 되돌아보곤 했다. 성체는 네 명의 사목위원이 떠받친 선홍색 벨벳의 이동 닫집 안에 모셔져 있었으며, 미사 때 입는 멋진 제의 차림의 주임신부가 그 뒤를 따르고 있었다. 사람들의 물결이 집들의 담장을 뒤덮고 있는 하얀 천 사이로 밀려들고 있었다. 이윽고 그들은 언덕 아래에 도착했다.

펠리시테의 관자놀이 주변에 식은땀이 맺혔다. 시몽 아주머니는 자기도 언젠가는 이런 일을 겪으리라 생각하면서 헝겊으로 그녀의 땀을 닦아주었다.

군중의 웅성거리는 소리가 점점 커지더니 한순간 아주 거세졌다가 다시 가라앉았다.

일제히 총을 쏘는 소리에 유리창이 흔들렸다. 마부들이 성체현시대*를 경배하기 위해 쏜 총소리였다. 펠리시테는 눈동자를 굴리더니 아주 낮은 목소리로 말했다.

"잘 있을까?" 그녀는 앵무새를 걱정하고 있었다.

마지막 고통이 시작되었다. 헐떡거리는 소리가 점점 빨라지고 갈비뼈가 들먹거렸다. 거품이 입언저리로 흘러나오는가 싶더니 온몸이 떨렸다.

곧이어 저음의 관악기 소리와 아이들의 해맑은 소리, 어른들의 굵은 목소리가 제각기 또렷하게 들려왔다. 어쩌다가 한 번씩 사방이 조용해질 때면, 길 위에 뿌려진 꽃잎 때문에 잦아든 사람들의 발소리가 풀밭을 지나는 양떼 소리 같았다.

주임신부가 안뜰에 나타났다. 시몽 아주머니는 타원형 창 쪽으로 다가가서는 의자 위에 올라 임시 제단을 내려다보았다.

영국식 레이스로 주름 장식을 한 제대 위에 초록빛 꽃줄이 늘어져 있었다. 한가운데에는 성자들의 유물을 담은 작은 함이 놓여 있었고, 모서리에 각각 두 그루의 오렌지나무가 세워져 있었다. 제대를 따라 은촛대와 도자기 꽃병들이 늘어서 있었는데, 꽃병들에는 해바라기, 백합, 모란, 디기탈리스, 수국 다발이 수북이 꽂혀 있었다. 눈이 부시도록 찬란한 색깔의 꽃더미가 두번째 단에서부터 포석 위에 펼쳐진 융단까지 비스듬히 아래로 이어졌다. 보기 드물게 귀한 물건들이 사람들의

---

* 성체강복 때 성체를 보여주기 위해 쓰는 제구를 올려놓는 대.

시선을 사로잡았다. 은도금한 설탕 단지에는 제비꽃 화관이 놓였고, 알랑송산 보석으로 만든 샹들리에 장식이 이끼 위에서 반짝거렸으며, 두 폭의 중국식 가리개에는 풍경화가 그려져 있었다. 룰루는 장미꽃에 묻혀 청금석 같은 파란 이마만 겨우 보일 뿐이었다.

사목위원들과 성가대원들과 어린아이들이 안뜰의 세 곳에 자리잡았다. 주임신부가 천천히 제단의 계단을 올라 찬란하게 빛나는 황금빛 성광聖光을 제대에 깔린 레이스 위에 올려놓았다. 모두들 무릎을 꿇었다. 사위가 고요해졌다. 이윽고 향로가 쇠사슬을 타고 미끄러지면서 공중으로 높이 솟구쳤다.

푸른빛 향연香煙이 펠리시테의 방까지 올라왔다. 그녀는 코를 벌름거리며 신비로운 쾌락에 휩싸인 채 향내음을 맡은 후 눈을 감았다. 그녀의 입술은 미소를 띠고 있었다. 마치 샘이 말라 없어져가듯, 메아리가 사라지듯, 심장박동이 차츰차츰 약해지다 아주 잦아들었다. 마지막 숨을 내쉴 때, 그녀는 반쯤 열린 하늘에서 그녀의 머리 위를 활공하는, 거대한 앵무새 한 마리를 본 것 같았다.

구호수도사 성 쥘리앵의 전설

1

줼리앵의 부모는 비탈진 언덕의 숲 한가운데 자리한 성에 살았다.

성의 네 귀퉁이에 솟은 탑에는 납으로 만든 비늘 모양 장식으로 덮인 뾰족한 지붕이 있었다. 성벽의 토대는 큰 바윗덩어리가 받치고 있었는데, 거기서 해자垓字의 바닥까지는 가파른 경사면이었다.

성 안뜰의 포석은 마치 성당의 바닥면처럼 말끔했다. 아가리를 아래쪽으로 벌린 용 모양의 기다란 빗물받이 홈통들이 저수조에 빗물을 토해냈다. 각층 창가에는 바질이나 헬리오트로프가 활짝 핀, 여러 빛깔의 질그릇 화분이 놓여 있었다.

말뚝을 박아 만든 보조 성벽의 안쪽 맨 앞에는 과수원이 있었고, 그 뒤로는 갖가지 꽃들을 뒤섞어 이런저런 머리글자 모양으로 심어놓은 화단이, 더 뒤쪽에는 더위를 피할 수 있는 포도 덩굴 아케이드와 심부

름하는 아이들의 휴식을 위해 마련한 펠멜* 놀이장이 있었다. 다른 쪽에는 개 사육장, 마구간, 빵 굽는 곳, 압착실 그리고 곡물 창고가 있었다. 그 주위로 넓게 펼쳐진 푸른 잔디 방목장은 억센 가시나무 울타리로 둘러싸여 있었다.

성문과 도개교 사이에 쇠로 만든 내리닫이 문살이 한 번도 내려온 적이 없을 정도로 성안 사람들은 아주 오래전부터 평화롭게 살았다. 해자에는 잡초가 무성했고, 성벽과 망루 꼭대기 오목한 부분에는 제비들이 둥지를 틀었으며, 온종일 성벽을 순찰하는 궁수는 햇볕이 너무 뜨거울 때면 망루에 들어가 수도사처럼 낮잠을 자곤 했다.

성 어디에나 쇠로 만든 물건들이 번쩍거렸고, 방마다 걸린 태피스트리가 추위를 막아주었으며, 장롱은 모두 리넨 옷들로 꽉꽉 차 있었다. 저장 창고는 포도주 통들로 가득했고, 참나무 궤짝들은 은으로 가득한 자루의 무게를 못 이겨 삐걱거렸다.

무기 창고에는 깃발과 야생동물의 콧방울이 놓인 사이사이, 아말렉족의 석궁이나 가라망트족의 투창에서부터 사라센인의 양날 단검이나 노르만인의 쇠사슬 갑옷에 이르기까지 거의 모든 시대와 민족의 무기가 모여 있었다.

부엌의 커다란 쇠꼬챙이로는 황소 한 마리를 통으로 구울 수도 있었으며, 예배당은 왕의 기도실만큼이나 호화로웠다. 한구석에는 로마식 한증탕까지 있었다. 점잖은 영주領主는 그것을 우상숭배자들의 풍속이라 여겨 멀리했지만 말이다.

---

* 망치로 구슬을 쳐서 넣는, 크리켓 경기와 유사한 놀이.

항상 여우 털로 안을 댄 외투를 입는 영주는 성안을 천천히 거닐면서 신하들의 일에 대해 판결을 내리고, 주변 사람들의 분쟁에 뛰어들어 문제를 해결해주었다. 겨울에는 눈이 내리는 것을 바라보거나 이야기책을 소리 내어 읽게 해서 듣곤 했다. 날씨가 온화해지기 시작하면 그는 곧장 노새를 타고 작은 길을 따라 초록 물결이 일렁이는 밀밭으로 나가 농민들과 한담을 나누거나 그들에게 조언을 해주기도 했다. 수많은 여인들과의 만남 끝에, 그는 훌륭한 집안의 여자를 아내로 맞이했다.

그녀는 피부가 유난히 희고, 약간 거만하며 진지한 편이었다. 그녀가 쓴 원뿔형 모자의 뾰족한 뿔은 문의 상인방上引枋을 스칠 정도로 높았고, 나사羅紗로 짠 드레스 끝자락은 세 걸음 뒤까지 끌릴 정도로 길었다. 그녀는 마치 수도원의 일과처럼 집안일을 규칙적으로 돌보았다. 매일 아침 하녀들에게 할 일을 정해주었고, 과일 잼과 연고를 만드는 일을 감독했고, 물레를 돌리거나 제단보에 수를 놓았다. 하느님께 열심히 기도한 덕분에 그녀는 아들 하나를 얻게 되었다.

성대한 잔치가 벌어졌다. 횃불이 환하게 밝혀지고 하프 소리가 울려 퍼지며 길 위로는 꽃과 나뭇잎이 흩뿌려지는 가운데, 만찬은 사흘 밤낮에 걸쳐 계속되었다. 사람들은 양처럼 살찐 암탉 요리와 진귀한 향료를 가미한 과일 잼을 즐겼다. 잔치의 분위기를 돋우기 위해 난쟁이가 파테*에서 튀어나오기도 했다. 손님이 계속 늘어나 술잔이 부족해지자, 사람들은 상아 뿔피리나 투구에다 술을 따라 마셔야 했다.

---

* 고기나 생선을 파이 껍질로 싸서 구운 것.

갓 아기를 낳은 영주의 부인은 잔치에 참석하지 않았다. 그녀는 침대에 조용히 누워 있었다. 어느 날 저녁, 잠에서 깨어난 그녀는 언뜻 창문으로 들어오는 어스름한 달빛 아래 그림자 같은 것이 일렁이는 모습을 보았다. 거친 모직 수도복 차림에 옆구리에는 묵주를 걸치고 어깨에는 배낭을 멘 은둔자 행색의 노인이었다. 그는 부인의 침대 머리맡으로 다가와 입을 열지도 않은 채 말했다.

"기뻐하소서, 어머니여! 그대의 아들은 앞으로 성인聖人이 될 것이오!"

그녀가 소리를 지르려 했지만, 노인은 달빛에 미끄러지듯 홀연히 공중으로 날아오르더니 이내 사라져버렸다. 잔치의 노랫소리가 더 크게 들려왔다. 그러는 중에 그녀는 천사들의 목소리를 들었다. 그녀가 다시 베개에 머리를 누이자, 찬란히 빛나는 석류석 함에 담긴 순교자의 유골이 그녀를 내려다보고 있었다.

다음날 그녀는 하인들에게 물어보았지만 모두들 그런 사람은 보지 못했다고 했다. 꿈인지 생시인지, 이 일은 하늘의 계시임이 틀림없었다. 교만하다는 비난을 받을까 두려워 그녀는 그 일을 아무에게도 말하지 않기로 했다.

손님들은 동이 틀 무렵에야 모두 돌아갔다. 쥘리앵의 아버지가 마지막 손님을 배웅하고 나서 성벽의 비밀문 밖에 서 있을 때, 홀연히 걸인 하나가 안개 속에서 그의 앞에 나타났다. 집시였다. 턱수염을 세 갈래로 땋아 늘어뜨린 모습에 두 팔에는 은고리를 찼으며, 눈동자는 불꽃처럼 활활 타오르고 있었다. 그는 계시를 받은 듯한 모습으로 두서없이 더듬거렸다.

"아! 아! 그대의 아들은!…… 많은 피!…… 무한한 영광!…… 영원한 행복! 황제의 가문!"

그러더니 몸을 굽혀 영주가 적선한 돈을 줍고는 숲속으로 들어가 흔적도 없이 사라져버렸다.

영주는 사방을 둘러보며 있는 힘을 다해 소리쳐 불렀으나 아무도 없었다! 들리는 건 오직 바람 소리뿐. 아침 안개가 서서히 걷히고 있었다.

그는 잠이 부족해 머리가 아파 헛것을 본 것이라 여겼다. "이런 이야기를 하면 사람들이 나를 비웃겠지" 하고 그는 중얼거렸다. 비록 예언이 분명하지 않고 그것을 정말 들었는지조차 의심스럽긴 했지만, 아들의 장래가 찬란하다는 말은 그의 마음을 사로잡는 데 부족함이 없었다.

영주와 그의 아내는 서로에게 비밀을 숨겼다. 그렇지만 두 사람은 똑같은 마음으로 아이를 사랑했다. 그리고 아이를 하느님이 택한 인물로 여기면서 온갖 정성을 다해 키웠다. 아기의 잠자리는 아주 고운 솜털로 속이 채워졌고, 천장에는 비둘기 모양의 등잔이 항상 밝게 켜져 있었다. 세 명의 유모가 아이를 안고 조용히 흔들어 재웠다. 장밋빛 얼굴에 파란 눈, 금란金襴 망토를 두르고 진주가 가득 박힌 모자를 쓴 채 배내옷에 싸여 있는 아이는 아기 예수 같았다. 아이는 한번 울어볼 새도 없이 이가 났다.

일곱 살이 되자 어머니는 아이에게 노래를 가르쳤다. 아버지는 담력을 키워주기 위해 아이를 커다란 말 위에 앉혔다. 아이는 몹시 기뻐하며 활짝 웃었고, 머지않아 군마軍馬 타는 법을 익히게 되었다.

지식이 해박한 늙은 수도사가 아이에게 성서와 아라비아숫자와 라틴어를 가르쳤고, 무두질한 송아지 가죽에 그림도 그리게 했다. 세상의 소음을 피해 그들은 작은 탑 꼭대기에서 함께 공부했다.

수업이 끝나면, 그들은 정원을 천천히 거닐거나 꽃들을 관찰했다.

이따금 우스꽝스러운 동방의 옷차림을 한 사내가 짐을 나르는 가축 떼를 이끌고 계곡 아래를 지나가곤 했다. 그가 장사하는 사람임을 알아본 영주는 시종을 보냈다. 이방인은 별로 경계하지 않고 길을 돌려 성의 접견실에 들어왔다. 그는 여러 개의 궤짝에서 비로드와 명주, 금은세공품들, 향료 그리고 생소하고 특별한 물건들을 꺼내놓았다. 그러고는 엄청난 이익을 챙긴 다음 어떠한 제지도 받지 않고 길을 떠났다. 어떤 때는 한 무리의 순례자들이 문을 두드리기도 했다. 그러면 그들의 젖은 옷은 벽난로 아궁이 앞에서 연기를 내며 말라갔고, 배를 채운 그들은 여행중 겪었던 일들을 들려주었는데 포말이 가득한 큰 파도를 헤치고 무모하게 항해하던 일, 불타는 듯한 사막의 모래 위를 걷던 일, 이교도들의 잔혹함, 시리아의 동굴들, 예수가 탄생한 외양간의 구유와 무덤 이야기였다. 그런 다음 순례자들은 외투에서 가리비 껍데기*를 꺼내 어린 영주에게 주었다.

영주는 가끔 예전의 전우들을 초대해 술잔치를 베풀기도 했다. 그들은 거대한 무기로 적의 요새를 공격했던 일과 전투에서 입은 부상을 추억하며 술을 마셨다. 그들의 이야기를 들으면서 쥘리앵은 탄성을 질러대곤 했다. 그때마다 아버지는 아이가 머지않아 세상의 정복자가 될 것이라고 생각했다. 한편 저녁에 삼종기도를 마치고 나와 머리를 조아리는 불쌍한 사람들 사이를 지나갈 때면, 아이는 지극히 겸손하고 고

---

* 가리비 껍데기는 중세 시대 성지순례자들의 상징적 표지였다.

귀한 태도로 허리춤에 찬 전낭을 풀어 모두 털어주었다. 그러면 어머니는 아이가 나중에 대주교가 될 것이라고 기대했다.

예배당에서 아이의 자리는 부모 옆이었다. 미사가 아무리 길어도 아이는 모자를 바닥에 내려놓고 두 손을 모은 채 기도대에 무릎을 꿇고 있었다.

어느 날 아이는 미사 도중 고개를 들다가 벽에 난 구멍에서 조그맣고 하얀 생쥐 한 마리가 기어나오는 것을 보았다. 놈은 제단의 맨 앞 계단 위로 쪼르르 달려와, 오른쪽 왼쪽을 두세 번 둘러보더니 나왔던 구멍으로 도망쳐버렸다. 그는 그다음 일요일에도 생쥐를 다시 볼지 모른다는 생각에 마음이 설렜다. 놈은 과연 다시 나타났다. 그는 일요일마다 생쥐를 기다렸는데, 나중에는 성가시고 혐오스러워져서 그 쥐를 죽이기로 마음먹었다.

그는 문을 닫고 과자 부스러기를 계단에 뿌려놓은 다음, 손에 막대기를 든 채 구멍 앞에 자리를 잡고 기다렸다.

시간이 꽤나 흐르고 나서야 놈은 붉은빛 주둥이를 빼꼼 내밀더니 몸 전체를 드러냈다. 그는 놈을 가볍게 한 방 내려쳤다. 그러고는 더이상 움직임이 없는 조그만 몸뚱이를 앞에 두고 넋 나간 꼴로 멍하니 있었다. 피 한 방울이 바닥에 떨어져 있었다. 그는 소매로 재빨리 피를 닦아낸 후 생쥐를 밖으로 던지고는 아무에게도 그 얘기를 하지 않았다.

정원에서는 온갖 종류의 어린 새들이 낟알을 쪼았다. 그는 빈 갈대 속에다 완두콩을 넣고 불면 재미있겠다고 생각했다. 나무 위에서 새 지저귀는 소리가 들리자, 그는 살며시 다가가 작은 대롱을 들어서는 두 볼을 부풀려 힘껏 불었다. 그러자 작은 짐승들이 그의 어깨 위로 잔뚝 떨어졌다. 쥘리앵은 자신의 짓궂은 장난이 만족스러워 자꾸만 터져나오는 웃음을 참을 수가 없었다.

어느 날 아침 성벽을 따라 집으로 돌아오던 중, 그는 성벽 꼭대기에 앉아 있는 살찐 비둘기 한 마리를 보았다. 햇볕을 쬐며 가슴을 앞으로 내밀고 있었다. 쥘리앵은 멈춰 서서 놈을 바라보았다. 마침 근처 성벽에 벌어진 틈이 있어 돌조각 하나가 손끝에 닿았다. 팔을 휘둘러 돌멩이로 새를 맞히자, 새는 쿵 하고 해자 쪽으로 떨어졌다.

그는 가시덤불을 헤치고 살살이 뒤지면서 사냥개보다 더 날쌔게 아래쪽으로 내려갔다.

비둘기는 날개가 찢겨 쥐똥나무 가지에 걸린 채 파닥거리고 있었다.

살기 위해 몸부림치는 비둘기의 모습이 쥘리앵을 흥분시켰다. 아이는 비둘기의 목을 조르기 시작했다. 새가 바동거리자 그의 가슴은 두근거렸고, 잔인하고 격렬한 쾌감이 그를 사로잡았다. 그러나 새의 몸이 굳어 마침내 뻣뻣해지자, 그는 온몸에서 힘이 빠져나가는 것을 느꼈다.

그날 저녁, 식사를 하면서 아버지는 아들에게 이제 나이가 들었으니 말을 타고 개를 몰아 사냥하는 법을 배워야 한다고 말했다. 그러면서 사냥의 유희에 대해 문답식으로 쓰인 낡은 공책 하나를 찾아왔다. 스승이 제자에게 알려주는 방식으로 갖가지 사냥술에 대한 이야기를 적어놓은 책이었다. 사냥개와 매를 길들이는 방법과 덫을 놓는 방법은 물론 똥으로 사슴을, 발자국으로 여우를, 똥을 싼 후 발톱으로 땅을 긁어 덮은 흔적으로 늑대를 알아내는 방법, 동물들이 지나다니는 길을 구별해내는 방법, 사냥감을 어떻게 몰아야 하는지, 동물들이 어디에

잘 숨는지, 어떤 바람이 사냥하기에 가장 좋은지, 동물들의 다양한 울음소리를 어떻게 식별하는지와 사냥개들에게 짐승의 내장을 어떻게 나누어주는지 등등이었다.

쥘리앵이 이 모든 방법들을 다 외우자, 아버지는 그에게 한 무리의 사냥개를 마련해주었다.

우선 산양보다 빠르면서 성질 사나운 바르바리아산 그레이하운드 스물네 마리에다, 딱 벌어진 가슴에 짖는 소리가 우렁차며 충직하고 믿음직한, 붉은 바탕에 흰 점이 있는 브르타뉴산 사냥개 열일곱 쌍이 있었다. 또한 멧돼지의 습격과 위험한 추격전에 대비해서, 곰처럼 털이 무성한 그리폰종 개 마흔 마리도 마련했다. 당나귀만한 몸집에 불꽃빛 털, 등이 널찍하고 다리 관절이 곧은 타타르 지방의 마스티프종 개들은 유럽산 들소를 쫓는 데 안성맞춤이었다. 스패니얼 개들의 검은 털은 새틴처럼 반드르르했다. 탤벗이 짖어대는 소리는 비글의 크고 율동적인 울음소리에도 뒤지지 않았다. 뜰 한편에서는 알랭종 불도그 여덟 마리가 사슬을 흔들어대고 눈알을 부라리면서 으르렁거렸는데, 어찌나 사나운지 기병들에게 달려들기도 하고 사자도 무서워하지 않았다.

개들은 모두 밀로 만든 빵을 먹었고 돌로 만든 물통의 물을 마셨으며, 저마다 번듯한 이름을 갖고 있었다.

그렇지만 사냥에서는 매가 사냥개 무리를 능가하는 것 같았다. 영주는 많은 돈을 들여 캅카스의 난추니*, 바빌로니아의 익더귀**, 독일의 큰매 그리고 저멀리 떨어진 고장의 추운 바닷가 절벽에서 잡은, 철따라

---

* 새매의 수컷.
** 새매의 암컷.

옮겨다니는 사냥매까지 사들였다. 매들은 짚으로 지붕을 덮은 헛간에서 잠을 잤는데, 키 순서대로 횃대에 매어져 있었다. 그 앞에는 뗏장이 놓여 있어서, 몸이 굳지 않도록 때때로 그놈들을 거기에다 풀어놓곤 했다.

주머니 모양의 토끼잡이 그물, 낚싯바늘, 마름쇠 등 온갖 종류의 덫이 만들어졌다.

종종 새 사냥용 개 몇 마리를 끌고 들판으로 나가면, 놈들은 곧 멈춰서서는 새들의 위치를 알렸다. 그러면 하인들이 한 걸음 다가가서 꼼짝 않고 서 있는 개들의 몸통에 조심스레 커다란 망을 씌웠다. 신호가 떨어지면 개들은 짖어댔고, 메추라기들이 날아올랐다. 그런 다음 남편들과 함께 초대된 근방의 귀부인들과 그들의 아이들, 시종들 모두가 달려들어 손쉽게 새를 잡는 것이었다.

어떤 때는 북을 두드려 수풀에서 토끼들을 몰았고, 구덩이를 파서 여우들을 빠뜨리거나 덫을 놓아 늑대를 잡기도 했다.

그러나 쥘리앵은 이런 식의 손쉬운 사냥법을 경멸했다. 그는 사람들에게서 멀리 떨어져 혼자 말을 타고 매사냥하는 것이 더 좋았다. 그가 거의 항상 데리고 다니는 매는 눈처럼 하얀, 스키타이 민족들의 커다란 타타르 매였다. 매의 가죽 두건에는 깃털 장식이 달려 있었고, 푸르스름한 발목에서는 금방울이 딸랑거렸다. 말을 타고 끝없이 펼쳐진 들판을 달리는 동안, 매는 주인의 팔 위에 당당하게 앉아 있었다. 쥘리앵이 발에 달린 끈을 풀어주면, 놈은 화살처럼 삽시간에 공중으로 솟구쳐올랐다. 하늘에서 크고 작은 두 개의 점이 빙글 돌다가 합쳐지더니 높이 사라져버리고, 잠시 후 매는 발기발기 찢어진 새 한 마리를 가져와 두 날개를 퍼덕거리면서 주인의 매사냥용 장갑 위에 앉았다.

이런 식으로 쥘리앵은 왜가리, 솔개, 작은까마귀, 독수리를 잡았다.

그는 뿔피리를 불며 사냥개들을 따라가길 좋아했다. 개들은 언덕의 경사면을 따라 달리고, 개울을 뛰어넘고, 숲을 향해 다시 거슬러올라갔다. 개들에게 물린 사슴이 고통으로 헐떡거리기 시작하면 그는 재빨리 사슴을 쓰러뜨렸다. 그러고 나서 갈가리 찢겨 김이 나는 사슴의 살을 게걸스레 뜯어먹으며 미친듯이 날뛰는 마스티프종 개들의 모습을 마음껏 즐겼다.

안개 자욱한 날에는 늪에 숨어 있다가 거위, 수달, 들오리 새끼를 잡기도 했다.

먼동이 틀 무렵이면 시종 세 명이 현관 층계 아래서 그를 기다리곤 했다. 늙은 수도사가 지붕창으로 몸을 내밀고 아무리 손짓해 불러도 쥘리앵은 돌아보지 않았다. 햇볕이 내리쬐어도, 비가 쏟아져도, 폭풍우가 몰아쳐도 그는 사냥을 떠났다. 샘물을 손으로 떠 마시고, 말을 달리면서 야생 사과를 먹고, 피곤해지면 떡갈나무 아래서 쉬곤 했다. 그러고는 피와 진흙으로 범벅이 된 채, 머리칼에는 가시넝쿨을 묻힌 채 야생동물의 냄새를 풍기며 한밤중이 되어서야 성으로 돌아왔다. 그는 야수처럼 변해갔다. 어머니가 안아주어도 그저 냉담하게 받아줄 뿐이었다. 헤아릴 수 없는 미묘한 꿈을 꾸고 있는 듯했다.

그는 작은 칼로 곰을, 도끼로 들소를, 수렵용 창으로 멧돼지를 죽였다. 그리고 한번은 막대기밖에 가진 게 없었는데도, 그걸로 교수대 발치에서 시체를 파먹고 있는 늑대들과 싸우기도 했다.

어느 겨울날 아침 쥘리앵은 마구를 잘 갖추고 어깨에는 강철 활을, 안장 앞에는 화살통을 매단 채 먼동이 트기 전에 사냥을 떠났다.

그가 탄 덴마크산 작은 말은 뒤따라오는 짧은 다리 사냥개 두 마리와 보조를 맞춰 지축을 흔들며 달렸다. 외투에는 언 물방울들이 달라붙고 세찬 바람이 매섭게 불어댔다. 지평선 한쪽은 이미 훤했다. 어슴푸레 날이 밝아오자 땅굴 앞에서 놀고 있는 토끼들이 눈에 띄었다. 짧은 다리 사냥개 두 마리가 기회를 놓치지 않고 달려들어 토끼들의 등을 닥치는 대로 물어뜯었다.

쥘리앵은 곧 숲으로 들어갔다. 한 나뭇가지 끝에서 추위에 얼어붙은 뇌조 한 마리가 머리를 깃털 속에 처박은 채 잠들어 있었다. 그는 칼등으로 새의 두 다리를 부러뜨린 다음, 줍지도 않고 가던 길을 그냥 가버렸다.

세 시간 뒤, 그는 하늘이 거의 시커멓게 보일 정도로 높은 산꼭대기에 이르렀다. 앞에는 바위 하나가 기다란 벽처럼 절벽 위로 불쑥 솟아 있었다. 그 꼭대기에서 숫염소 두 마리가 낭떠러지를 내려다보았다. 화살이 없었기 때문에(말을 뒤에 두고 온 탓이었다) 쥘리앵은 숫염소들이 있는 곳까지 내려가기로 작정하였다. 신발을 벗고 몸을 반쯤 숙인 채로 간신히 첫번째 염소에게 다가가 짧은 칼로 옆구리를 푹 찔렀다. 그러자 두번째 놈이 깜짝 놀라 공중으로 튀어올랐다. 그놈마저 찌르려고 달려들다가 그의 오른발이 헛나가고 말았다. 얼굴을 낭떠러지 밑으로 향하고 두 팔은 벌린 채, 그는 죽은 숫염소 위에 엎어졌다.

들판으로 다시 내려온 그는 강가에 늘어선 버드나무를 따라갔다. 아주 낮게 날아가는 두루미떼가 이따금 그의 머리 위를 지나갔다. 쥘리앵은 채찍을 휘둘러 한 마리도 남김 없이 모두 때려잡았다.

조금 포근해진 날씨에 서리가 녹아 사방으로 온통 수증기가 떠다녔다. 이윽고 해가 솟아올랐다. 저멀리 납덩이처럼 얼어붙은 호수가 아침 햇살에 반짝였다. 호수 한가운데에는 쥘리앵이 본 적 없는 동물 한 마리가 있었다. 주둥이가 까만 비버였다. 거리가 멀긴 했지만 그는 활을 쏘아 잡았다. 그 가죽을 가져올 수 없는 것이 못내 아쉬웠다.

그런 다음 그는 거대한 나무 꼭대기들이 서로 맞닿아 개선문 같은 모양을 이룬 가로숫길 입구로 들어갔다. 덤불숲에서 노루 한 마리가 튀어나왔고, 엇갈린 길에서는 흰 반점 사슴 한 마리가 나타났으며, 구덩이에서는 오소리 한 마리가 기어나왔고, 풀밭에서는 공작 한 마리가 꼬리를 펼쳤다. 그것들을 모두 죽여버리자 이번에는 여러 마리의 노루, 사슴, 오소리, 공작뿐 아니라 티티새, 어치, 족제비, 여우, 고슴도치, 살쾡이 등 수없이 많은 짐승들이 나타났고, 걸음을 옮길 때마다 계속해서 늘어났다. 짐승들은 바들바들 떨면서 다정하고도 애원하는 듯한 눈초리로 쥘리앵의 주위를 맴돌았다. 그러나 쥘리앵은 지치지도 않았다. 그는 활을 쏘거나 칼로 베거나 단검으로 찌르면서 그것들을 모조리 없애버렸다. 그는 아무것도 생각하지 않았고, 어떤 것도 기억하지 않으려 했다. 언제부터인지 그는 어느 낯선 마을에서 오직 사냥에만 몰두할 뿐이었다. 모든 일이 꿈속에서처럼 뜻대로 이루어졌다. 그러다가 그는 기이한 광경 앞에서 걸음을 멈추었다. 원형경기장 모양의 작은 골짜기에 사슴들이 가득 모여 있었던 것이다. 놈들은 빽빽이 모여 입김으로 서로의 몸을 녹이고 있었는데, 그 모습이 마치 안개 속에서 연기가 피어오르는 것 같았다.

한바탕 살육을 펼칠 생각에 그는 숨쉬기조차 힘들 정도로 쾌감을 느꼈다. 쥘리앵은 말에서 내려 소매를 걷어붙이고 활을 쏘기 시작했다.

첫번째 화살이 날아가는 소리에 모든 사슴들이 동시에 고개를 돌렸다. 빽빽했던 무리 사이에 듬성듬성 틈이 생겨나며 구슬프게 울부짖는 소리가 높아졌고, 사슴떼는 갈피를 못 잡고 우왕좌왕했다.

골짜기의 가장자리가 너무 높아 뛰어넘을 수도 없었다. 도망갈 길을 찾아 안간힘을 쓰면서 사슴들은 골짜기 곳곳을 뛰어다녔다. 쥘리앵은 아무렇지도 않은 듯 조준해서 활을 쏘아댔다. 화살들이 폭우 속의 빗줄기처럼 쏟아졌다. 사슴들은 서로 부딪치고, 뒷발로 곧추서고, 다른 놈들 위로 올라타는 등 미친듯이 날뛰었다. 뿔이 서로 뒤엉켜 작은 산만한 크기로 뭉쳤다가 움직거리더니 무너져내렸다.

모래 위에 나자빠져 내장을 드러내고 콧구멍으로 거품을 내뿜던 사슴들은, 배의 굼틀거림이 점점 잦아들더니 마침내 죽어버렸다. 그러고는 모든 것이 고요해졌다.

어둠이 내리려는 참이었다. 숲 뒤쪽 나뭇가지들 사이로 하늘은 피로 뒤덮인 듯 붉게 물들었다.

쥘리앵은 나무에 등을 기댔다. 자기가 어떻게 이런 짓을 했는지 도무지 이해할 수 없다는 듯 눈을 크게 뜨고서 그는 이 엄청난 살육의 현장을 응시했다.

그때 골짜기 맞은편 숲 가장자리에 새끼를 데리고 있는 사슴 한 쌍이 눈에 들어왔다.

수놈은 시커먼 몸집이 괴물같이 크고 허연 수염까지 나 있는데다 가지뿔이 열여섯 개나 있었다. 낙엽처럼 누런빛의 암놈은 풀을 뜯었고, 얼룩점이 있는 새끼는 어미의 걸음을 방해하지 않으면서 젖을 빨고 있었다.

다시 한번 강철 촉이 획 하고 날아갔다. 새끼가 단숨에 거꾸러졌다. 그러자 어미는 굵고 애절한 소리를 내며 하늘을 향해 마치 사람처럼 울부짖었다. 화가 난 쥘리앵은 어미마저 가슴 한복판을 명중시켜 땅에 자빠뜨렸다.

거대한 수놈은 쥘리앵을 향해 몸을 솟구쳐 뛰어올랐다. 쥘리앵은 그 놈에게 마지막 화살을 쏘았다. 화살은 놈의 이마를 정통으로 맞힌 뒤 그대로 박혀 있었다.

거대한 수놈은 화살 맞은 것을 느끼지 못하는 모양이었다. 죽은 사슴들을 뛰어넘더니 앞으로 달려와 쥘리앵을 뿔로 받으려 했다. 쥘리앵은 말로 표현할 수 없는 격렬한 공포에 사로잡혀 뒤로 물러섰다. 그 기이한 동물은 멈춰 서서 타오르는 듯한 눈으로, 멀리서 교회의 종소리가 울리는 동안, 족장이나 재판관처럼 엄숙하게, 세 번 소리쳤다.

"저주받을지어다! 저주받을지어다! 저주받을지어다! 극악무도한 놈아, 언젠가 너는 네 아비와 어미를 죽일 것이다!"

그러고 나서 무릎을 꿇고 쓰러지며 조용히 눈을 감았다.

쥘리앵은 너무나 놀랐다. 갑자기 극도의 피로가 몰려왔고, 혐오감과 한없는 슬픔이 그를 사로잡았다. 그는 이마를 두 손에 묻은 채 오랫동안 흐느꼈다.

그의 말은 사라지고 없었다. 개들도 곁을 떠나버렸다. 주위를 에워싼 적막감에, 막연한 위험이 닥쳐올 것 같은 기분이 들었다. 공포에 질린 그는 들판을 가로질러 재빨리 달렸다. 그러다가 우연히 어떤 오솔

길로 접어들었는데, 그 즉시 성문이 눈앞에 나타났다.

그날 밤 그는 한숨도 못 잤다. 공중에 매달려 흔들거리는 등불 아래 시커멓고 커다란 수사슴의 모습이 계속해서 아른거렸다. 그놈의 예언을 떨쳐내려고 그는 발버둥쳤다. '아니! 아니! 아니야! 내가 부모님을 죽일 리 없어!' 그러고는 다시 생각했다. '혹시나 그러고 싶은 생각이 들면 어떡하지?……' 악마가 그런 짓을 하도록 부추길까봐 그는 두려웠다.

석 달 동안 그의 어머니는 불안에 휩싸인 채 아들의 머리맡에서 기도했다. 그의 아버지는 신음하며 복도를 서성거렸다. 이름 있는 뛰어난 의사들을 불러 갖가지 약을 처방받아 먹여보기도 했다. 그들은 쥘리앵의 병이 해로운 바람을 쏘여서, 혹은 사랑의 욕정 때문에 생긴 것이라고 했다. 그러나 쥘리앵은 그 어떤 질문에도 대답하지 않고 고개만 저을 뿐이었다.

곧 기력이 돌아왔다. 늙은 수도사와 마음씨 좋은 영주가 그를 양쪽에서 부축해 뜰을 산책시켰다.

몸이 완전히 회복되었지만 쥘리앵은 사냥을 나가려 하지 않았다.

그의 아버지는 아들을 기쁘게 해주기 위해, 사라센인들의 커다란 칼을 한 자루 선물했다.

그 칼은 갑주 한 벌과 함께 기둥 꼭대기에 걸려 있었다. 그것을 내리려면 사다리가 필요했다. 쥘리앵은 사다리를 타고 올라갔다. 그런데 칼이 너무 무거워 손가락에서 빠져나가고 말았다. 칼이 떨어지다가 가까이 있던 영주를 스치는 바람에 긴 외투의 소매가 잘려나갔다. 쥘리앵은 자신이 아버지를 죽인 줄 알고 그만 기절해버렸다.

그때부터 그는 무기를 무서워했다. 칼날이 보이기만 해도 새파랗게 질릴 정도였다. 이렇게 나약해진 모습에 가족들은 걱정이 이만저만 아니었다.

늙은 수도사는 하느님과 명예와 조상들의 이름을 들먹이며 귀족답게 다시 무술 훈련을 할 것을 권했다.

시종들은 매일같이 긴 투창을 던지면서 놀았다. 쥘리앵은 금세 그 놀이에 탁월한 재주를 보였다. 병 주둥이에 투창을 꽂기도 하고 풍향계의 날개를 부러뜨리기도 했으며, 백 걸음 떨어진 곳에서 문의 못대가리 장식을 맞히기도 했다.

어느 여름날 저녁, 짙은 안개 때문에 사물이 제대로 보이지 않을 때였다. 정원의 포도 덩굴 정자 아래 있던 그의 눈에 저멀리 과수나무 울타리 위로 하얀 날개 한 쌍이 파닥거리는 것이 보였다. 그는 황새가 틀림없다고 생각하며 손에 들고 있던 창을 던졌다.

귀청을 찢는 듯한 날카로운 비명이 터져나왔다.

어머니의 목소리였다. 기다란 끈이 달린 그녀의 모자가 벽에 꽂혀 있었다.

쥘리앵은 성에서 도망쳤고, 다시는 나타나지 않았다.

2

그는 지나가던 용병들 무리에 끼어들었다.

그는 배고픔과 목마름, 열병과 기생충을 알게 되었다. 한데 엉켜 치고받는 싸움이나 거의 반죽음에 가까운 상태에도 익숙해졌다. 그의 피부는 바람 때문에 거칠어졌고, 손과 발은 갑옷에 쓸려 굳은살이 박였다. 그는 늘 힘이 세고 용감했으며 절도를 잃는 법 없이 신중하게 행동했기 때문에 어렵지 않게 한 부대의 대장이 되었다.

전투가 시작되면 쥘리앵은 칼을 크게 휘두르면서 부하들을 격려했다. 그리스 연초의 불꽃이 갑옷에 옮겨붙고 부글거리는 송진과 녹은 납물이 성벽 틈에서 흘러나와도, 그는 어둠 속에서 매듭지은 로프를 타고 폭풍우에 흔들리며 성벽을 기어올라가곤 했다. 성벽에서 날아온 돌멩이에 맞아 종종 방패가 부서지기도 했다. 병사들의 무게를 감당하지 못한 다리가 그의 아래로 무너져내린 적도 있었다. 철퇴를 휘둘러 열네 명의 기사를 물리치기도 했다. 기마 시합장에서 새롭게 나서는 도전자들을 모두 격파하기도 했다. 수없이 이런 일들이 벌어지는 가운데 그는 스무 번 이상이나 죽을 고비를 넘겼다.

신의 은총으로 그는 언제나 살아남았다. 그는 늘 성직자, 고아, 과부 그리고 무엇보다 노인들을 보호해주었기 때문이다. 자기 앞을 걸어가는 사람을 보면, 적으로 오인하고 죽일까 두려워 소리쳐 불러 얼굴을 확인하곤 했다.

도망친 노예들, 반란을 일으킨 농민들, 돈 한푼 없는 사생아들 등 온갖 용감한 사람들이 모두 그의 깃발 아래로 몰려들어 하나의 부대를 이루었다.

부대의 세력은 점점 늘어갔고, 그는 점차 유명해졌다. 모두가 그를 찾았다.

그는 프랑스 왕세자, 영국 왕, 예루살렘의 템플기사단, 파르티아의 장군, 에티오피아 국왕, 캘리컷의 황제를 잇달아 도와주었다. 그가 쳐부순 대상은 생선 비늘 모양의 갑옷을 입은 스칸디나비아 사람들, 하마 가죽으로 만든 커다란 원형 방패를 들고 붉은 당나귀를 탄 흑인들, 거울보다 더 투명한 장검을 화려한 머리띠 위로 휘두르며 달려드는 황금빛 피부의 인도인들이었다. 그는 혈거인들과 식인종들도 무찔렀다. 작열하는 태양의 열기에 머리털이 탈 지경인 열대지방을 통과하기도 했고, 팔이 몸에서 떨어져나갈 정도로 추운 지역을 지나기도 했으며, 마치 유령들에 둘러싸여 걷는 듯 안개 자욱한 고장에도 가보았다.

어려운 처지에 놓인 나라에서 그를 찾아와 자문을 구했다. 그는 사절들을 만나보면서 기대 이상의 계약을 맺기도 했다. 군주의 행실이 아주 나쁠 때에는 곧바로 그 왕에게 달려가 질책했다. 그는 백성들을 억압에서 벗어나게 해주었으며, 탑에 갇힌 여왕들을 구출해내기도 했다. 밀라노의 거대한 뱀과 오베르비르바흐의 용을 때려눕힌 사람도 다름 아닌 그였다.

스페인의 이슬람교도들을 물리친 오시타니아의 황제가 코르도바 칼리프*의 누이를 첩으로 맞아들인 일이 있었다. 황제는 첩에게서 딸을 하나 얻었고, 그녀를 기독교식으로 키웠다. 그런데 기독교로 개종하는 척하던 칼리프는 수많은 병사들을 데리고 황제를 찾아가 그의 호위병들을 모조리 죽여버렸다. 그런 다음 황제를 지하 감옥에 처박고 가혹하게 다루어 보물을 강제로 빼앗으려 했다.

쥘리앵은 황제를 돕고자 달려가 이교도의 군대를 무찌르고 도시를

---

* 정치와 종교의 권력을 아울러 갖는 이슬람교단의 지배자를 이르는 말. 본디 아라비아어로 '상속자'를 뜻한다.

공격해서 칼리프를 죽였다. 그런 다음 그의 목을 베어 성벽 너머로 공 던지듯 던져버렸다. 감옥에서 황제를 구출한 그는 모든 신하들이 늘어 선 가운데 황제를 다시 원래의 자리에 오르도록 했다.

황제는 그 보답으로 바구니에 은을 가득 담아 하사했다. 쥘리앵은 그것을 받으려 하지 않았다. 그가 더 많은 것을 바라는 줄 알고 황제는 자기 재산의 4분의 3을 주겠다고 했다. 그는 또다시 거절했다. 그러자 황제는 자기가 다스리는 제국의 절반을 주겠다고 제안했다. 그것 역시 쥘리앵은 사양했다. 황제는 어떤 식으로 은혜를 갚아야 할지 몰라 안 타까운 마음에 눈물까지 흘렸다. 그러다 갑자기 이마를 탁 치고는 신 하의 귀에다 뭔가를 속삭였다. 태피스트리로 만든 커튼을 젖히자, 한 소녀가 나타났다.

소녀의 커다랗고 까만 눈은 부드럽게 빛을 발하는 램프처럼 반짝거 렸다. 매력적인 미소로 입술이 열렸다. 곱슬곱슬하게 말아 내려뜨린 머리카락은 살짝 벌어진 드레스의 보석 장식들 위로 늘어졌다. 속이 환히 비치는 옷을 입은 탓에 싱그러운 몸매가 드러나 보였다. 가는 허 리에 보동보동하면서도 아주 귀여운 모습이었다.

그때껏 순결한 생활을 해왔던 쥘리앵은 단숨에 사랑에 빠져버렸다.

쥘리앵은 황제의 딸과 결혼했고, 왕비로부터 물려받은 신부의 성까 지 얻게 되었다. 결혼식이 끝나고 이런저런 많은 사람들과 인사를 나 눈 다음 쥘리앵 일행은 길을 떠났다.

곶 위에 이슬람식으로 지어진 흰 대리석 궁전은 오렌지나무 숲속에 자리잡고 있었다. 꽃이 만발한 계단식 땅이 해안까지 뻗어 있었고, 해 안에서는 분홍빛 조개껍데기들이 발걸음에 맞추어 바삭거리는 소리를 냈다. 성 뒤로는 부채꼴 모양으로 숲이 펼쳐져 있었다. 하늘은 마냥 푸르렀고, 나무들은 부드러운 바닷바람과 저멀리 지평선을 이루는 산맥에서 불어오는 산바람에 차례차례 몸을 내밀었다.

석양에 물들 때면 방들은 벽에 새겨진 상감 장식들로 찬란하게 빛났다. 갈대처럼 가늘고 높은 기둥들이 동굴의 종유석 모양 장식으로 꾸며진 둥근 지붕을 떠받치고 있었다.

연회용 홀마다 분수가 놓였고, 안뜰은 모자이크로 장식되었으며, 벽은 꽃줄 모양으로 꾸며졌으니, 헤아릴 수 없이 많은 세련된 건축양식으로 가득했다. 게다가 너무나 조용해서 숄이 스치는 소리나 숨소리까지 다 들릴 정도였다.

쥘리앵은 더이상 전쟁을 하지 않았다. 조용하고 얌전한 백성들에 둘러싸여 평온하게 지냈다. 매일 수많은 사람들이 그의 앞에 나타나 무릎을 꿇고 그의 손에 입을 맞추며 동양의 예를 표하곤 했다.

자줏빛 옷을 입고 팔꿈치를 창문 난간에 괸 채, 그는 지난날의 사냥을 돌이켜 생각하곤 했다. 예전의 그는 가젤떼나 타조떼를 쫓아 사막을 달리거나, 표범이 오기를 기다리며 대나무 숲에서 매복하거나, 코뿔소들이 가득한 숲지대를 가로지르거나, 독수리를 더 많이 잡기 위해 접근하기 어려운 높은 산꼭대기에 올라가거나, 백곰과 싸우고 싶은 마음에 빙산을 오르고자 했다.

때때로 그는 꿈속에서 낙원의 아담처럼 온갖 종류의 짐승들에 둘러싸여 있는 자신을 보았다. 그는 팔을 휘둘러 짐승들을 죽이곤 했다. 혹은 코끼리나 사자에서부터 흰 담비나 오리에 이르기까지 갖가지 짐승들이 노아의 방주에 들어가는 날처럼 키 순서대로 두 마리씩 줄지어 그의 앞을 지나가는 것이었다. 동굴의 어둠을 틈타 놈들에게 창을 던지면 어김없이 명중했다. 그러면 계속해서 다른 놈들이 나타났으며, 이런 식의 꿈이 끝없이 이어졌다. 그러다가 그는 사납게 눈을 부라리며 잠에서 깨어나곤 했다.

제후들이 그를 사냥에 초대했다. 그러나 그는 언제나 거절했다. 이런 종류의 금욕으로 자신의 불행한 운명에서 벗어날 수 있다고 믿었기 때문이다. 자기가 동물들을 죽이느냐 마느냐에 부모님의 운명이 달린 것만 같았다. 부모님을 다시 뵙지 못하는 것도 괴로운 일이었지만, 사냥하고 싶은 욕구를 참는 것도 그로서는 견딜 수 없는 고통이었다.

그의 부인은 그를 즐겁게 해주기 위해 곡예사들과 무희들을 성으로 불러들이곤 했다.

그녀는 덮개 없는 가마를 타고 그와 함께 들판을 산책하기도 했다. 작은 배의 가장자리에 엎드려 하늘처럼 맑은 물에서 노니는 물고기들을 함께 바라보는 일도 잦았다. 때때로 그녀는 남편의 얼굴에 꽃을 뿌리는가 하면, 그의 발 앞에 웅크리고 앉아 세 줄짜리 만돌린을 치기도 했다. 그러다가는 두 손을 모아 남편의 어깨 위에 올려놓고 "여보, 무슨 일이 있는 거예요?" 하고 머뭇거리는 목소리로 물어보는 것이었다.

그는 아무 대답도 하지 않거나 흐느꼈다. 그러던 어느 날, 마침내 그는 자신의 끔찍한 생각을 털어놓았다.

그녀는 사리를 하나하나 따져가면서 남편의 생각을 반박했다. 부모님은 아마 돌아가셨을 것이다, 만일 어떤 우연이 생겨 다시 뵙게 된다 해도 그런 끔찍한 일이 일어날 리가 없지 않으냐, 그러니 그렇게 걱정할 이유가 없다, 다시 사냥을 시작해도 된다는 얘기였다.

그녀의 말을 듣고 쥘리앵은 미소를 지었지만, 사냥에 대한 욕구를 채울 결심은 하지 못했다.

8월의 어느 날 밤 그들은 침실에 있었다. 그녀는 막 잠자리에 들었고, 그는 기도하기 위해 무릎을 꿇었다. 그때 컹컹거리는 여우의 울음소리가 들려왔다. 이내 창 아래서 가벼운 발소리가 났다. 어둠 속에서 동물 같은 것이 언뜻 보였다. 유혹은 너무나 강렬했다. 그는 화살통을 집어들었다.

그녀는 깜짝 놀란 표정이었다.

"당신 말대로 하겠소! 동이 트면 돌아오리다." 그가 말했다.

그러나 그녀는 남편에게 불길한 일이 일어나지나 않을까 두려웠다.

그는 부인을 안심시키고 밖으로 나갔다. 그 스스로도 마음이 바뀐 것이 놀라웠다.

잠시 뒤 시종이 와서는, 낯선 사람 둘이 찾아왔는데 성주가 안 계시면 마님이라도 즉시 뵙기를 청한다고 알려왔다.

곧이어 노인과 노파가 방으로 들어섰다. 먼지투성이에다 등은 굽었고, 순례자의 옷차림에 지팡이를 짚은 노인들이었다.

그들은 머뭇머뭇하더니 마침내 자신들이 쥘리앵에게 부모 소식을 전하러 왔다고 말했다.

그녀는 이야기를 듣기 위해 몸을 기울였다.

그러나 그들은 눈짓으로 서로 의견을 주고받더니, 쥘리앵이 여전히 부모를 사랑하는지 그리고 가끔 부모에 대한 이야기를 하는지를 먼저 물었다.

"물론이지요!" 그녀가 대답했다.

그러자 두 사람은 크게 소리를 질렀다.

"우리가 바로 그애의 부모라오!" 그러고는 털썩 주저앉았다. 너무도 지쳐서 탈진할 지경이었던 것이다.

그러나 젊은 부인으로서는, 남편이 이 사람들의 아들이라고 확신할 만한 점이 전혀 없었다.

그들은 쥘리앵의 몸에 있는 여러 가지 특징을 차례차례 말하면서 그 증거를 댔다.

그녀는 침대에서 뛰어나와 시종을 불렀다. 그들을 위한 식사가 마련되었다.

그들은 무척 배가 고팠지만 거의 먹을 수가 없었다. 약간 떨어져 있던 쥘리앵의 부인은 물잔을 들 때 뼈만 앙상한 그들의 손이 떨리는 것을 보았다.

그들은 쥘리앵에 대해 수없이 많은 것들을 물었다. 그녀는 하나하나 자세히 대답했지만, 그들과 관련된 불길한 저주에 대해서는 말하지 않기 위해 최대한 애를 썼다.

쥘리앵이 나가서 돌아오지 않자 쥘리앵의 부모는 그를 찾아 성을 떠났다고 했다. 몇 년 동안 그들은 희망을 포기하지 않고 실낱같은 단서에 기대어 걷고 또 걸었다. 강을 건너거나 잠잘 곳을 구하느라, 또 영주들이 통치하는 지역을 통과하거나 도둑들의 요구를 들어주느라 많은 돈이 들었다. 덕분에 지금은 빈털터리가 되어 구걸하며 다닌다는 것이었다. 그렇지만 이제 곧 아들을 만나게 되었으니 그런 게 다 무슨 상관이겠는가! 그들은 이처럼 훌륭한 아내를 얻은 쥘리앵을 축복했고, 그녀를 바라보고 또 바라보면서 입을 맞추었다.

집이 너무도 화려해서 그들은 매우 놀랐다. 노인은 벽을 들여다보면서 왜 오시타니아 황제의 문장이 여기 새겨져 있느냐고 물었다.

그녀가 대답했다.

"제 아버님이니까요!"

그러자 노인은 소스라치게 놀랐다. 집시의 예언이 생각났기 때문이다. 그리고 노파는 은자의 말을 떠올렸다. 아들이 지금 얻고 있는 영광은 틀림없이 앞으로 얻게 될 영원한 광채의 서광에 불과하리라 생각하면서, 두 사람은 식탁을 비추는 커다란 촛대의 불빛 아래서 눈을 크게 뜬 채 입을 다물지 못했다.

그들은 젊었을 때 무척이나 멋진 사람들이었을 것 같았다. 곱게 앞가르마를 탄 어머니의 머리카락은 아직도 풍성해서 하얀 눈밭 같은 모습으로 뺨 아래까지 늘어져 있었다. 키가 크고 수염이 긴 아버지는 마치 성당에 세운 조각상 같았다.

쥘리앵의 아내는 두 노인에게 남편을 기다리지 마시라고 권했다. 그녀는 그들을 자신의 침대에 눕게 하고 창문을 닫았다. 두 노인은 잠이 들었다. 날이 밝아오고 있었다. 스테인드글라스 뒤에서 작은 새들이 지저귀기 시작했다.

정원을 가로질러 나간 쥘리앵은 풀밭의 부드러운 감촉과 대기의 감미로움에 기분이 좋아져 달뜬 걸음으로 숲속을 걸었다.

나무 그림자가 이끼 위에 드리웠다. 이따금 숲속 빈터에 달빛이 비쳐 하얀 얼룩을 만들면 그는 그것을 물웅덩이로 착각하고 앞으로 나아가기를 머뭇거렸다. 때로는 잔잔한 늪의 표면이 풀 색깔로 보이기도 했다. 사위가 거대한 침묵에 휩싸여 있었다. 조금 전까지 그의 주변을 맴돌던 짐승들은 한 마리도 보이지 않았다.

숲이 울창해지면서 어둠은 더욱 짙어졌다. 따뜻한 바람이 몸을 나른하게 하는 향기를 가득 안고 한바탕 불어왔다. 그는 낙엽더미 속으로 들어가, 참나무에 몸을 기댄 채 잠시 숨을 골랐다.

갑자기 등뒤에서 시커먼 물체가 튀어나왔다. 멧돼지였다. 활을 집어들 틈조차 없었다. 그는 마치 큰 불운을 겪은 듯 안타까워했다.

숲에서 나오자 가시나무 울타리를 따라 빠르게 달리는 늑대가 눈에 띄었다.

쥘리앵은 화살을 날렸다. 늑대는 멈춰 서더니 고개를 돌려 그를 바라보았다. 그러고는 다시 달음질쳤다. 놈은 그와 일정한 간격을 유지하면서 빠르게 달리다가 때때로 멈추었다. 그러고 나서 그가 활을 겨누면 다시 도망치곤 했다.

이런 식으로 쥘리앵은 끝없이 펼쳐진 들판을 지나고 모래언덕들을 넘어 마침내 광활한 지대가 내려다보이는 고원에 다다랐다. 폐허가 된 지하 묘소들 사이에 편편한 돌이 드문드문 흩어져 있었다. 해골에 발이 걸려 거꾸러질 뻔하기도 했다. 벌레 먹은 십자가들이 여기저기 초라하게 기울어진 채 박혀 있었다. 그런데 묘비들의 희미한 그림자 사이로 몇 개의 형체가 꿈틀거리더니, 겁먹은 하이에나 몇 마리가 헐떡거리며 나타났다. 묘지의 널돌 위를 발톱으로 달그락거리면서 놈들은 그에게 다가와, 잇몸을 드러내고 입을 비죽거리며 그의 살냄새를 맡았다. 그는 칼을 뽑았다. 놈들은 다리를 절름대면서 한꺼번에 사방으로 먼지를 일으키더니 저멀리 황급히 사라졌다.

한 시간 뒤 그는 골짜기에서 뿔을 곧추세우고 발로 모래를 긁어대는 성난 황소와 맞닥뜨렸다. 쥘리앵은 놈의 목 아랫부분을 창으로 찔렀다. 하지만 놈은 마치 청동으로 만들어진 듯, 오히려 창이 부러지고 말았다. 쥘리앵은 죽음을 각오하고 눈을 감았다. 다시 눈을 떴을 때 황소는 이미 사라지고 없었다.

그러자 그의 영혼은 수치심으로 무너져버렸다. 어떤 초월적인 능력이 그의 힘을 꺾어버린 것이다. 그는 성으로 돌아가려고 다시 숲으로 들어섰다.

숲은 칡넝쿨로 뒤덮여 있었다. 쥘리앵은 긴 칼로 그것들을 잘라냈다. 그때 갑자기 흰담비 한 마리가 그의 가랑이 사이로 미끄러지듯 지나갔고, 표범 한 마리가 어깨 위로 펄쩍 뛰어 지나갔으며, 뱀 한 마리가 물푸레나무 위로 똬리를 틀며 기어올라갔다.

무성한 나뭇잎들 속에는 괴물처럼 생긴 갈까마귀 한 마리가 있었는데, 놈은 쥘리앵을 빤히 바라보았다. 나뭇가지 사이로 여기저기 광채가 번쩍거렸다. 마치 하늘이 모든 별들을 숲속으로 퍼붓는 듯한 모습이었다. 그것은 바로 살쾡이, 다람쥐, 부엉이, 앵무새, 원숭이 등 숲에 사는 동물들의 눈이었다.

쥘리앵은 그들을 향해 화살을 마구 쏘아댔다. 깃털 달린 화살들은 흰나비처럼 나뭇잎 위에 내려앉았다. 놈들에게 마구 돌을 던졌지만, 돌들은 아무것도 맞히지 못하고 땅바닥에 떨어졌다. 그는 싸우고 싶어 고래고래 소리를 질러대며 저주를 퍼부었다. 분노로 숨이 막힐 지경이었다.

그러자 이제껏 그가 추격했던 모든 짐승들이 한꺼번에 나타나 좁은

원을 그리며 그를 에워쌌다. 어떤 놈들은 바닥에 쭈그려 앉았고, 다른 놈들은 몸을 곧추세웠다. 그는 한가운데 갇힌 채 공포에 질려 꼼짝도 할 수 없었다. 있는 힘을 다해 한 걸음을 떼어놓자 나무 위에 있던 놈들이 날개를 퍼덕거렸고, 땅을 밟고 있던 놈들도 다리를 옮겼다. 모든 짐승들이 그를 따라 움직였다.

하이에나들은 그의 앞에서, 늑대와 멧돼지는 뒤에서 움직였다. 오른쪽에서는 황소가 대가리를 흔들었고, 왼쪽에서는 뱀이 풀숲에서 구불거렸으며, 표범은 등을 구부린 채 슬금슬금 큰 걸음으로 나아갔다. 쥘리앵은 놈들을 자극하지 않으려고 가능한 한 천천히 걸었다. 빽빽한 수풀 속에서 고슴도치, 여우, 살무사, 자칼, 곰 들이 기어나오는 것이 보였다.

쥘리앵은 달리기 시작했다. 놈들도 따라 달렸다. 뱀은 쉭쉭 소리를 냈고, 악취 나는 짐승들이 거품을 내뿜었다. 멧돼지의 크고 날카로운 엄니가 쥘리앵의 발뒤꿈치에 닿았고, 늑대의 주둥이 털이 그의 손바닥을 간질였다. 원숭이들은 얼굴을 찌푸리며 그를 꼬집었고, 흰담비는 그의 발 위로 뒹굴었다. 곰 한 마리가 발등으로 쥘리앵의 모자를 쳐서 떨어뜨렸고, 표범은 경멸하듯 주둥이에 물고 있던 화살 하나를 떨어뜨렸다.

놈들의 음흉한 움직임에는 빈정거림이 배어 있었다. 모두 곁눈으로 그를 관찰하면서 복수할 생각을 하는 것 같았다. 그는 벌레들이 내는 소리에 귀가 먹먹해졌고, 새들의 꼬리에 얻어맞았으며, 짐승들의 입김에 숨이 막힐 지경이었다. "자비를 베푸소서!" 하고 외칠 기운조차 없어, 그는 그저 팔을 축 늘어뜨리고 장님처럼 눈을 감은 채 앞으로 걸어

갈 뿐이었다.

수탉 우는 소리가 들려왔다. 곧이어 다른 닭들이 따라 울었다. 아침이 밝아온 것이다. 오렌지나무 숲 너머로 궁전 꼭대기가 보였다.

들판 가장자리에 이르자, 세 걸음쯤 앞에서 짚더미 위를 파닥이며 날아가는 붉은 자고새들이 그의 눈에 띄었다. 그는 외투를 벗어 그물을 던져 잡듯 그것들을 잡았다. 외투를 펼쳐보니 죽은 지 오래되어 썩은 자고새 한 마리밖에 없었다.

이 실망스러운 일에 그는 머리끝까지 화가 치밀어올랐다. 살육에 대한 갈증이 다시 살아났다. 죽일 짐승이 없으면 사람이라도 죽이고 싶은 심정이었다.

그는 세 개의 테라스를 기어올라 주먹으로 문을 부수고 방으로 들어갔다. 그러나 계단 아래에 있을 사랑스러운 아내를 생각하자 흥분이 좀 가라앉았다. 그녀는 분명히 자고 있을 터였다. 그는 아내를 놀래주고 싶어졌다.

신발을 벗은 다음, 그는 살며시 고리를 들어올리고 방으로 들어갔다.

납으로 장식된 스테인드글라스로 인해 새벽의 희미한 빛이 더욱 어두워 보였다. 그 때문에 쥘리앵은 바닥에 널린 옷가지에 발이 걸렸다. 조금 더 걸어가다가 그릇들이 아직 그대로 놓여 있는 식탁에 부딪혔다. '아내가 여기서 식사를 한 모양이군.' 이렇게 생각하면서 그는 어둠이 짙게 깔린 방 한구석에 놓인 침대로 다가갔다. 그는 침대 머리맡에 서서 아내에게 입을 맞추려고 베개 위로 몸을 숙였다. 그런데 뜻밖에도 거기엔 머리 두 개가 나란히 있었다. 쥘리앵은 남자의 턱수염이 자기의 입에 닿는 듯한 느낌이 들었다.

그는 자신이 미친 건가 싶어 뒤로 물러섰다. 그러나 다시 침대 가까이 다가가 더듬어보니 손끝에 매우 긴 머리카락이 만져졌다. 그는 혹시 착각한 것은 아닌지 확인하기 위해 손으로 베개 위를 다시 한번 천천히 쓸어보았다. 정말로 그것은 남자의 턱수염이었다! 자기 아내가 어떤 남자와 잠들어 있는 것이었다!

미칠 듯한 분노를 더이상 걷잡을 수 없게 된 그는 그들에게 달려들어 야수처럼 울부짖고 발을 구르고 입에 거품을 물며 단도로 찔러댔다. 그런 다음 그는 행동을 멈추었다. 심장을 찔린 두 사람이 꿈쩍도 하지 않았던 것이다. 그는 두 사람이 헐떡거리는 소리를 주의깊게 듣고 있었다. 그런데 그들의 거친 숨소리가 점점 약해지자, 아주 먼 곳에서 다른 소리가 뒤이어 들려왔다. 처음에는 불분명하던 그 애달픈 소리가 점점 가까워지고 커지더니, 이윽고 끔찍한 소리로 바뀌었다. 그는 공포에 질렸다. 그것은 커다란 검은 수사슴의 울음소리였다.

뒤를 돌아보자 문지방에 등불을 손에 든 아내의 환영이 보이는 것 같았다.

사람을 죽이는 떠들썩한 소리에 그녀가 달려온 것이었다. 한눈에 모든 사태를 파악한 그녀는 겁에 질려 도망치려다 그만 등불을 떨어뜨렸다.

그는 그것을 집어들었다.

눈앞에 아버지와 어머니가, 가슴에 구멍이 뚫린 채 자빠져 있었다. 위엄 있으면서도 온화한 두 얼굴은 영원한 비밀을 간직한 듯했다. 그들의 흰 살갗뿐만 아니라 침대 시트, 바닥, 알코브*에 걸린, 상아로 만든 그리스도의 십자가상에까지 피가 튀고 고여 있었다. 때마침 햇살이 비쳐 스테인드글라스에 핏빛이 반사되자 붉은 얼룩들은 더욱 선명해져 방안 전체에 수없이 많은 붉은 점들이 뿌려진 듯했다. 이것은 있을 수 없는 일이고, 자신이 착각한 것이며, 설명할 수 없을 정도로 얼굴이 닮은 경우도 있을 거라 회피하고 부디 그러길 바라면서, 쥘리앵은 두 구의 시체 쪽으로 다가갔다. 그는 몸을 약간 숙여 노인을 가까이서 관찰했다. 제대로 감기지 않은 눈꺼풀 사이로 생기 잃은 눈동자를 알아보자, 온몸이 불처럼 달아오르는 것 같았다. 그는 또다른 시체가 있는 침대 반대편으로 갔다. 그 시체는 흰 머리카락에 가려서 얼굴 일부가 보이지 않았다. 쥘리앵은 가르마 탄 머리카락 밑으로 손을 집어넣어 머리를 들어올렸다. 그러고는 자신의 단단한 팔로 시신을 안은 다음, 다른 손으로는 등불을 비추어 그 얼굴을 자세히 들여다보았다. 매트리스에서 배어나온 피가 한 방울 한 방울 마루에 떨어지고 있었다.

그날 해질녘 그는 부인 앞에 가서 평소와는 다른 어조로 몇 가지 명령을 내렸다. 일단 자기가 불러도 반응하지 말고, 곁에 오지도 말며, 쳐다보지도 말라는 얘기였다. 그리고 앞으로 자기가 내릴 모든 명령은 꼭 지켜야만 하는 것이니 그대로 따르라고 했다. 그러지 않으면 지옥에 떨어질 거라면서.

장례는 두 시신이 있는 방의 기도대 위에 적어놓은 지시대로 치러달라고 했다. 그는 그녀에게 자신의 성과 가신들, 그리고 모든 재산을 넘긴다고 했다. 급기야 몸에 걸친 옷도 다 벗어던지고, 신발도 계단 위에다 벗어두었다.

---

* 서양식 건축에서, 벽의 한 부분을 쑥 들어가게 만든 공간. 침대나 의자를 들여놓고 때때로 문이나 난간대로 막아놓기도 한다.

그녀는 그의 범죄를 조장함으로써 신의 의지를 따랐던 것이다. 그리고 그의 영혼을 위해 기도해야 했다. 그는 이제 더이상 존재하지 않기 때문이다.

장례는 성에서 사흘쯤 걸리는 수도원 성당에서 장엄하게 치러졌다. 소매 없는 외투에 두건을 푹 눌러쓴 수도사 한 명이 다른 사람들과는 멀리 떨어져 장례 행렬을 뒤따랐다. 그 누구도 감히 그에게 말을 걸려 하지 않았다.

미사가 진행되는 동안, 그는 성당의 정면 현관 한가운데서 두 팔을 십자로 벌린 채 엎드려 먼지 속에 이마를 파묻고 있었다.

시신을 묘소에 묻고 난 뒤, 수도사가 산으로 이어진 길로 접어드는 모습이 보였다. 그는 여러 번 뒤를 돌아보더니 마침내 사라져버렸다.

3

그는 정처 없이 세상을 떠돌아다니며 빌어먹었다.

여행중인 기사들에게 손을 내미는가 하면, 수확하고 있는 농부들에게 다가가 무릎을 꿇거나, 안뜰의 울타리 앞에서 꼼짝 않고 서 있기도 했다. 그의 얼굴이 너무도 슬퍼 보여서 사람들은 도와주지 않을 수 없었다.

그는 사람들에게 자신의 이야기를 공손하게 들려주었다. 그러면 모두들 가슴에 성호를 그으면서 도망쳐버렸다. 그가 한번 지나간 마을에서는 그를 알아보기 무섭게 모두들 문을 걸어 잠갔다. 욕설을 퍼부으며 돌을 던지기도 했다. 아무리 자비로운 사람이라 하더라도 기껏해야 창가에 먹을 것 한 사발 내놓을 뿐, 덧창을 닫아건 채 내다보지도 않았다.

가는 곳마다 냉대와 배척을 당하자 그는 사람을 피하게 되었다. 그는 나무뿌리, 풀, 떨어진 열매나 모래사장에서 주운 조개 등으로 끼니를 때웠다.

때때로 언덕길 모퉁이에서 내려다보면, 들쭉날쭉 빽빽이 들어찬 지붕들과 석조 첨탑들, 다리, 탑, 복잡한 도로가 시야에 들어왔고, 웅성거리는 소리가 그에게까지 들려왔다.

세상 사람들 틈에 섞여보고 싶은 마음에 마을로 내려간 적도 있었다. 그러나 사람들의 야수 같은 표정과 갖가지 작업장에서 들려오는 요란한 소리, 무관심한 말투가 그를 주눅들게 했다. 축제일이면 새벽부터 성당에서 종이 울렸고, 달뜬 주민들이 거리로 나왔다. 광장에서는 춤판이 벌어졌고, 갈림길마다 맥주 통들이 즐비했으며, 귀족들의 저택 앞에는 다마스쿠스산 꽃무늬 장막들이 드리워졌다. 저녁이 되면 일층 유리창 너머 집집마다 기다란 식탁에 둘러앉은 가족들의 모습이 보였다. 노인들은 무릎 위에 아이들을 앉히고 있었다. 그럴 때면 쥘리앵은 목이 메어 울었고, 뒤돌아서서 들판을 향해 달리곤 했다.

목장의 망아지나 둥지 속의 새, 꽃 위의 벌레들을 보며 그는 사랑의 갈망을 느꼈다. 그래서 가까이 다가가면, 모두 다 놀라 달아나고 겁에 질려 숨고 화들짝 날아가버렸다.

그는 외롭게 숨어살았다. 그러나 바람 소리는 그의 귓전에 단말마의 신음으로 들렸고, 땅에 떨어지는 이슬방울은 한층 무거운 또다른 방울을 연상시켰다. 석양은 저녁마다 구름을 피로 물들였다. 그리고 매일 밤 그는 부모를 죽이는 꿈에 시달렸다.

그는 쇠꼬챙이로 고행자 옷을 지어 입었다. 언덕 꼭대기에 예배당이 있으면, 늘 무릎을 꿇고 기어서 올라갔다. 그러나 감실에서 영성체를 해도 끔찍한 생각은 사라지지 않았고, 무수히 많은 속죄의 고행을 해도 괴로움은 가시지 않았다.

그는 자신에게 그러한 죄를 짓게 한 하느님을 원망하지 않았다. 죄를 저지른 자기 자신에 대해 절망할 뿐이었다.

스스로가 너무도 끔찍해서, 그는 자기 자신에게서 벗어나고자 갖가지 일들에 뛰어들며 위험을 무릅썼다. 불길 속에서 중풍 환자들을 구하기도 하고, 깊은 못에 빠진 아이들을 건져올리기도 했다. 깊은 못은 그를 빠져 죽게 두지 않았고, 불길도 그를 태우지 않았다.

세월이 흘러도 고통은 사그라지지 않았다. 오히려 점점 견디기 어려워질 뿐이었다. 그는 죽기로 결심했다.

어느 날 밤 우물가에 서서 몸을 숙여 물의 깊이를 헤아려보던 때였다. 그의 앞에 하얀 수염에 뼈만 앙상한 노인이 나타났다. 노인의 표정이 너무나 비통해서 그는 흐르는 눈물을 참을 수가 없었다. 그러자 노인도 눈물을 흘렸다. 자신의 얼굴도 알아보지 못한 채, 쥘리앵은 자기와 닮은 어떤 얼굴을 어렴풋이 떠올렸다. 갑자기 그는 비명을 질렀다. 그것은 바로 아버지의 얼굴이었다. 그후로 그는 더이상 죽을 생각을 하지 않았다.

그리하여 기억의 무게를 짊어지고 그는 많은 지역을 떠돌아다녔다. 그러다가 물살이 빠르고 양쪽 기슭으로 넓은 개펄이 있어 건너기에 매우 위험한 강가에 이르렀다. 오래전부터 그 강을 감히 건너려는 사람은 아무도 없었다.

그곳에는 낡은 나룻배 한 척이 있었는데, 고물은 진흙 속에 묻혀 있고, 뱃머리는 갈대 사이로 처들려 있었다. 쥘리앵은 배를 구석구석 살펴보다가 한 쌍의 노가 남아 있는 것을 발견하고는, 남들을 위해 봉사하며 남은 생을 보내야겠다고 생각했다.

그는 둑에서 물길까지 내려갈 수 있는 일종의 통로를 만들기 시작했다. 커다란 돌들을 나르느라 손톱이 갈라지기도 했고, 그것들을 배로 받치고 옮기다가 미끄러져 진흙 속에 처박혀 죽을 뻔한 적도 여러 번이었다.

그런 다음 부서지거나 못 쓰게 된 조각들을 모아 배를 수리하고, 점토와 통나무로 작고 초라한 집을 지었다.

강을 건널 수 있다는 사실이 알려지자 사람들이 몰려들었다. 그들이 건너편 강가에서 천조각을 흔들어 부르면, 그는 급히 배에 올랐다. 배는 무척 무거웠다. 갖가지 보따리와 짐짝은 물론 때로는 짐을 나르는 가축들까지 실었는데, 그러면 겁먹은 짐승들이 뒷발질을 해대는 바람에 더욱 혼잡스러워졌다. 그는 그러한 수고의 대가를 전혀 요구하지 않았다. 하지만 몇몇 사람들이 먹다 남은 음식을 배낭에서 꺼내주거나 못 쓰게 된 헌 옷가지를 주곤 했다. 난폭하게 욕설을 퍼붓는 사람들도 있었다. 쥘리앵이 점잖게 타일러도 그들은 욕설로 대꾸할 뿐이었다. 그러면 그는 그들에게 신의 가호를 빌어주는 것으로 만족했다.

작은 식탁과 나무의자 하나, 낙엽더미로 만든 침대 하나, 질그릇 세 개가 그가 가진 집기의 전부였다. 창문 대신 그는 벽에 구멍 두 개를 뚫어놓았다. 한쪽으로는 끝없이 펼쳐진 황량한 벌판과 드문드문 희미한 연못들이 보였다. 집 앞에는 큰 강이 푸른 물결을 출렁이며 흘렀다. 봄에는 축축한 땅에서 무언가 썩는 냄새가 났다. 게다가 바람이 어지럽게 불어와 회오리와 먼지를 일으켰다. 사방이 먼지로 범벅되어 물은 흙탕물로 변하고 잇몸 아래가 서걱거렸다. 여름이 되면 모기들이 새까맣게 몰려와 밤낮으로 웽웽대며 사정없이 물어댔다. 이윽고 매서운 추위가 몰아닥쳐 모든 것을 돌처럼 단단히 얼어붙게 했는데, 그럴 때면 그는 미칠 정도로 고기가 먹고 싶어졌다.

여행자 한 명 보지 못한 채 몇 달이 흘러가기도 했다. 때때로 그는 기억을 더듬어 젊은 시절로 돌아가보려고 눈을 감기도 했다. 그러면 처음에는 현관 앞 층계 위의 그레이하운드들과 무기 창고의 시종들과 함께 성의 안뜰이 떠올랐다. 그런 다음에는 포도 덩굴로 덮인 정자 아래 털외투를 입은 노인과, 커다란 원뿔형 모자를 쓴 귀부인 사이에 있는 금발의 소년이 보였다. 그러다 갑자기 두 구의 시체로 장면이 바뀌는 것이었다. 쥘리앵은 침대에 엎드려 울면서 되뇌었다.

"아! 불쌍한 아버지! 불쌍한 어머니! 불쌍한 어머니!" 그러다가 겨우 얕은잠이 들면, 부모의 장례 광경이 이어졌다.

어느 날 밤 잠들어 있던 그는 누군가 자기를 부르는 소리를 들은 것 같았다. 귀를 기울였지만 들려오는 것은 물결치는 소리뿐이었다.

그러다가 똑같은 소리가 또다시 들렸다.

"쥘리앵!"

소리는 강 건너편에서 들려오고 있었다. 강의 폭이 꽤 넓은데도 소리가 들리다니 이상한 일이었다.

세번째로 부르는 소리가 들려왔다.

"쥘리앵!"

높은 음색의 소리는 성당의 종소리처럼 울려퍼졌다.

그는 초롱에 불을 밝히고 오두막을 나섰다. 비와 세찬 바람이 밤을 가득 메우고 있었다. 칠흑 같은 어둠 속에서 세차게 덤벼드는 강의 하얀 물결이 이리저리 부서졌다.

쥘리앵은 잠시 망설이다가 닻줄을 풀었다. 강물은 곧 잠잠해졌고, 배는 그 위를 미끄러져 건너편 강둑에 닿았다. 거기에는 어떤 사나이가 기다리고 있었다.

누덕누덕 기운 천을 걸친 사나이의 얼굴은 석고 가면을 쓴 듯 하얗고, 두 눈은 숯불보다도 붉었다. 초롱불을 들이대보니, 온몸이 문둥병으로 흉하게 문드러져 있었는데, 그럼에도 그의 태도에는 왕의 위엄 같은 것이 서려 있었다.

사나이가 배에 올라타자 그의 무게 때문에 배가 쑥 내려앉았다. 배는 한 번 요동치더니 다시 떠올랐고, 쥘리앵은 노를 젓기 시작했다.

노를 저을 때마다, 되밀려오는 물결에 배의 앞머리가 세차게 솟아올랐다. 먹물보다 시커먼 강물은 뱃전을 스치며 거세게 흘러갔다. 물은 깊게 골을 내기도 했고 산처럼 치솟기도 했다. 그러면 배는 솟구쳐올랐다가 깊은 골 속으로 내리박혀 바람이 시키는 대로 빙빙 돌곤 했다.

힘을 더 내기 위해, 쥘리앵은 몸을 움츠렸다가 팔을 쭉 뻗었고 양발로 단단히 버티면서 허리를 비틀었다가는 다시 폈다. 우박이 그의 손을 후려치고, 빗물이 그의 등줄기로 흘러내리며, 거센 바람이 숨통을 막히게 해 그는 노 젓는 일을 잠깐씩 멈추곤 했다. 그러면 배는 물결에 휩쓸려 정처 없이 흘러갔다. 하지만 그는 지금 하고 있는 일이 매우 중요하며 거역해서는 안 될 명령임을 깨닫고 재차 노를 집어들었다. 세찬 바람과 모진 물결이 아우성치는 가운데 놋좆*의 삐걱거리는 소리가 울려퍼졌다.

그의 눈앞에는 작은 초롱불이 타오르고 있었다. 이따금 새들이 날아들어 그 빛을 가리기도 했다. 그러나 돌기둥처럼 꼼짝 않고 뒤편에 서 있는 문둥이의 눈동자는 계속해서 보였다.

그런 상태가 얼마나, 얼마나 오랫동안 지속되었는지!

마침내 그들은 오두막집에 도착했다. 쥘리앵은 문을 닫았다. 문둥이가 나무의자에 앉은 모습이 눈에 들어왔다. 몸에 걸친 수의 같은 옷의 자락이 엉덩이까지 내려와 있었다. 그의 어깨와 가슴, 앙상한 팔은 비늘 모양의 고름 딱지로 뒤덮여 있었다. 이마에는 주름이 깊게 패어 있었다. 코가 있던 자리에는 구멍이 뚫려서 마치 해골 같았고, 푸르스름한 입술에서는 지독하고 역겨운 입김이 마치 안개처럼 자욱하게 새어나왔다.

"배고파!" 사나이가 말했다.

쥘리앵은 오래된 돼지 뱃살 한 덩이와 검은 빵껍질을 주었다.

사나이가 그것을 허겁지겁 먹어치우는 동안 식탁과 사발, 칼자루에는 그의 몸에 붙어 있던 딱지들이 고스란히 묻어났다.

음식을 먹고 난 뒤 사나이는 말했다. "목말라!"

---

* 배 뒷전에 자그맣게 나와 있는 나무못. 노의 허리에 있는 구멍에 이것을 끼우고 노질을 한다.

쥘리앵이 물항아리를 찾아 들자, 가슴과 콧구멍이 탁 트이는 향기가 그 속에서 배어나왔다. 포도주였다. 이것은 도대체 어디서 생긴 것일까! 문둥이는 팔을 내밀어 항아리에 든 것을 단숨에 다 마셔버렸다.

그러고는 말했다. "추워!"

쥘리앵은 촛불로 방 한가운데 놓인 화로에 고사리 한 뭉치를 태웠다.

문둥이는 거기에 와서 불을 쬐었다. 쭈그리고 앉아 팔다리를 마구 떨던 그의 움직임이 점차 잦아들었다. 눈에 더이상 광채가 없었고, 곪은 상처에서는 고름이 흘러내렸다. 그는 거의 들릴 듯 말 듯한 목소리로 중얼거렸다. "당신 침대!"

쥘리앵은 그를 조심스레 자기 침대로 데려가 나룻배의 돛을 펼쳐 덮어주었다.

문둥이는 신음했다. 입술 양쪽이 다물어지지 않아 이가 드러났고, 가쁜 숨결에 가슴이 들썩거렸으며, 배는 숨을 들이쉴 때마다 등마루까지 달라붙을 정도로 움푹 들어갔다.

그러더니 그는 눈을 감았다.

"뼛속까지 얼어붙는 것 같아! 내 곁으로 좀 와줘!"

쥘리앵은 돛을 걷어내고 낙엽 침대 위에 그와 바싹 붙어 나란히 누웠다.

문둥이가 고개를 돌렸다.

"옷을 벗고 당신 체온으로 나를 녹여줘!"

쥘리앵은 옷을 벗고 태어났을 때처럼 벌거숭이가 되어 침대에 다시 들어갔다. 허벅지에 문둥이의 살갗이 닿는 것이 느껴졌다. 뱀보다 더 차갑고 줄칼처럼 꺼칠했다.

쥘리앵은 그에게 기운을 북돋워주려고 애썼다. 그러자 사나이는 헐떡이며 말했다.

"아! 죽을 것 같아!…… 더 가까이 붙어서 따뜻하게 해줘! 손으로는 안 돼! 아니! 온몸으로."

자기 입술을 그의 입술에, 자기 가슴을 그의 가슴에 갖다대고, 쥘리앵은 그의 몸 위에 완전히 엎드렸다.

그러자 문둥이는 그를 껴안았다. 그의 눈은 별처럼 빛났고, 머리카락은 태양의 빛줄기처럼 길게 뻗쳤다. 그의 코에서 새어나오는 숨결에서 장미꽃 내음이 풍겼고, 화로에서는 향이 자욱하게 피어올랐으며, 물결은 찬양하듯 노래했다. 그러는 동안, 아득해져가는 쥘리앵의 영혼 속으로 넘치는 환희와 상상도 할 수 없을 희열이 해일처럼 밀려왔다. 두 팔로 쥘리앵을 껴안은 사나이의 머리와 발이 오두막의 양쪽 벽에 닿을 만큼 점점 커졌다. 지붕이 날아가버리고, 맑고 푸른 하늘이 활짝 펼쳐졌다. 자기를 천국으로 데리고 가는 예수그리스도를 마주보며, 쥘리앵은 푸른 하늘로 올라갔다.

이것이 내 고향 성당의 스테인드글라스에 그려져 있는, 구호수도사 성 쥘리앵에 관한 이야기다.

헤로디아

1

마케루스 성채는 사해死海의 동쪽, 현무암으로 이루어진 원뿔 모양의 산봉우리에 우뚝 솟아 있었다. 네 개의 깊은 계곡이 성채를 둘러쌌는데 두 개는 양옆에, 또하나는 앞쪽에, 다른 하나는 뒤쪽에 있었다. 지면의 굴곡에 따라 들쭉날쭉한 성벽 안쪽 성채의 아랫부분에 민가들이 옹기종기 모여 있었다. 마을은 바위를 깎아 만든 구불구불한 길을 통해 요새로 연결되었다. 높이가 60미터쯤 되는 요새의 벽에는 모서리가 많았고 가장자리에는 구멍들이 요철 모양으로 뚫려 있었으며, 여기저기 망루들이 서 있었다. 마치 돌로 만든 꽃 장식 왕관이 깎아지른 절벽 위에 얹혀 있는 듯한 모습이었다.

성채 안에는 돌기둥이 줄지어 늘어선 궁전이 한 채 있었다. 궁전의 편평한 옥상 가장자리에는 무화과나무로 만든 난간이 달려 있고, 난간에는 차광막을 치기 위한 버팀대들이 가지런히 설치되어 있었다.

어느 날 아침, 해가 뜨기 전에 갈릴리*의 분봉왕分封王 헤로데 안티파스**는 옥상의 난간에 팔꿈치를 괴고 주위를 바라보았다.

산들은 좁고 깊은 골짜기까지 온통 어둠 속에 묻혀 있었다. 그렇지만 곧 산등성이들이 그의 발아래서 모습을 드러내기 시작했다. 공중을 떠돌던 안개가 걷히자, 사해의 윤곽이 드러났다. 마케루스 뒤쪽에서 떠오른 새벽빛이 주변을 붉게 물들이고 있었다. 새벽빛은 곧 모래사장과 언덕, 사막 그리고 더 멀리 유다왕국***에 있는 산들의 회색빛 거친 사면을 환히 비추었다. 그 한가운데 앙가디가 거뭇하게 가로 뻗어 있고, 움푹 들어간 부분에는 헤브론이 둥근 지붕 모양으로 웅크리고 있었다. 에스콜에는 석류나무들이, 소렉 여울가에는 포도나무들이, 카르멜에는 참깨밭들이 펼쳐져 있었다. 거대한 입방체 모양의 안토니우스 탑이 예루살렘을 굽어보았다. 분봉왕은 시선을 돌려 오른편에 있는 예리코****의 종려나무들을 감탄스레 바라보았다. 그리고 자신의 영지인 갈릴리

---

* 팔레스타인의 북단, 지금의 이스라엘 북부에 해당하는 지역. 중심 도시는 나사렛이며, 예수가 활동한 주요 무대로 성서와 관련된 유적이 많다.

** 헤롯 안디바 또는 헤로데 안티파스(기원전 20년~기원후 39년)는 예수가 성장하고 설교 활동을 벌인 갈릴리 지역의 통치자였다. 헤로데의 공식 직함은 '분봉왕'으로, 그는 유다왕국의 4분의 1을 다스린 영주였다.

*** 고대 팔레스타인에 있던 유대인의 왕국. 기원전 930년경 솔로몬 왕이 죽은 후 이스라엘왕국이 분열하여 그 남반부에 성립한 나라로, 두 번에 걸친 신바빌로니아의 공격으로 기원전 586년에 멸망하고 주민의 다수가 바빌론으로 끌려갔다.

**** 요르단 강 서안에 위치한 세계 최고(最古)이자, 최저(지중해 해면 밑 250미터)인 도시. 구약성서에 70번이나 등장하는 '사막의 오아시스' 예리코는 로마의 장군 안토니우스가 이집트의 클레오파트라에게 사랑의 선물로 바쳤던 도시로, 예수 탄생 당시 유다왕국에서 가장 번성했던 도시였다.

의 카파르나움, 엔도르, 나사렛, 티베리아스 등을 떠올렸다. 아마도 다시는 돌아가지 않을 곳들이었다. 요르단 강은 메마른 평원을 흐르고 있었다. 새하얀 평원이 설원처럼 눈부시게 빛났다. 호수는 마치 청금석 같았다. 안티파스는 남쪽 끝에 있는 예멘 쪽을 쳐다보기가 꺼려졌다. 여기저기 갈색 천막들이 쳐져 있었는데 그 주변으로 창을 든 병사들이 말 사이를 오갔고, 사위어가는 모닥불이 땅바닥에서 불똥처럼 반짝거렸다.

그것은 아랍 왕의 군대였다. 권력에 별다른 야심 없이 이탈리아에서 살고 있던 동생의 아내 헤로디아와 결혼하기 위해, 안티파스는 부인인 아랍 왕의 딸을 내쫓았던 것이다.

안티파스는 로마의 원군을 기다리고 있었다. 시리아 총독 비텔리우스*의 도착이 이유 없이 늦어져 애가 탈 지경이었다.

아그리파가 틀림없이 황제에게 자신을 헐뜯었을 터였다. 바타네아를 지배하는 그의 셋째 동생 필립보는 은밀히 군비를 강화하고 있었다. 유대인들은 안티파스의 이단적 태도에 진절머리를 냈고, 다른 모든 민족들도 더이상 그의 지배를 바라지 않았다. 그래서 그는 아랍인들을 달랠 것인가, 아니면 파르티아족과 동맹을 맺을 것인가 하는 두 가지 선택 사이에서 망설이고 있었다. 바로 이날, 그는 자신의 생일 축하를 구실로 휘하의 지휘관들과 각 지역의 감독관들, 갈릴리의 중요

---

* 로마 황제가 된 아울루스 비텔리우스의 아버지 루키우스 비텔리우스를 말한다. 클라우디우스 황제의 동료로, 감찰관을 지내고 세 번이나 집정관을 맡았다. 비텔리우스가 세례자 요한이 참수되는 안티파스의 생일 연회에 등장하는 내용은 작가의 상상력에 의한 것이다. 실제로 그가 마케루스 성채에 온 것은 생일 연회 후 몇 달이나 지난 뒤였다.

인사들을 성대한 잔치에 초대했던 것이다.*

그는 날카로운 시선으로 모든 길을 구석구석 살펴보았다. 길들은 텅 비어 있었다. 독수리들만이 그의 머리 위에서 날고 있었다. 병사들은 성벽에 몸을 기댄 채 잠들어 있었다. 성안은 쥐죽은듯 고요했다.

갑자기 어떤 목소리가 땅속 깊은 곳에서 새어나오듯이 멀리서 들려왔다. 분봉왕의 얼굴이 순식간에 창백해졌다. 그가 몸을 숙여 귀를 기울여보았지만 목소리는 곧 사라져버렸다. 그러다가 이내 다시 들려왔다. 분봉왕은 손뼉을 치면서 세차게 소리쳤다. "마나에이! 마나에이!"

그러자 목욕탕의 안마사처럼 허리까지 알몸뚱이를 드러낸 사나이가 나타났다. 키가 아주 크고 깡마른 늙은이로, 허벅지에는 단검이 들어 있는 청동 칼집을 차고 있었다. 머리털을 올려 빗은 탓에 이마가 유난히 넓어 보였다. 비몽사몽간이라 눈에 생기가 없었지만, 이빨은 하얗게 빛이 났고 돌바닥을 내딛는 발걸음이 날렵했다. 그의 몸놀림은 원숭이처럼 유연했고, 얼굴은 미라처럼 무표정했다.

"그자는 어디 있나?" 분봉왕이 물었다.

마나에이는 엄지손가락으로 뒤쪽 어딘가를 가리키며 대답했다.

"저기요! 계속 저기 있습니다!"

"그자의 목소리가 들린 것 같았는데!"

안티파스는 숨을 크게 내쉰 뒤 라틴 민족이 세례자 요한이라 부르는 요카난**에 대해 이것저것 물어보았다. 지하 감옥에 갇혀 있는 요카난을

---

* 「마르코의 복음서」 6장 21절, 「마태오의 복음서」 14장 6절 참조.
** 세례자 요한은 안티파스와 헤로디아의 근친상간적인 결혼을 비난했다는 이유로 체포되었다. 「마르코의 복음서」 6장 18절 참조.

만나기 위해 지난달 면회하러 왔던 두 사람*이 또 왔는지, 그리고 그후 그들이 어떻게 되었는지.

마나에이가 대답했다.

"그들은 마치 오밤중에 갈림길에서 모의하는 도둑들처럼 그와 알 수 없는 말들을 주고받았습니다. 그런 다음 기쁜 소식을 가져오겠다고 하면서 갈릴리 북쪽으로 떠났습니다."

안티파스는 고개를 숙이더니 이윽고 겁에 질린 표정으로 말했다.

"그자를 잘 지켜! 잘 지키라고! 아무도 들여보내서는 안 돼! 문을 잘 잠그고! 구멍을 덮어버려! 그자가 갇혀 있다는 낌새조차 보이면 안 돼!"

굳이 명령을 받지 않았어도 마나에이는 이미 그렇게 해두고 있었다. 요카난이 유대인이었기 때문이다. 다른 모든 사마리아인들과 마찬가지로, 그는 유대인을 증오했다.

모세는 사마리아인들이 가리짐 산에 세운 성전을 이스라엘왕국의 중심지로 삼도록 명했다. 그런데 히르칸 왕 때 그 성전은 사라졌다. 그래서 예루살렘의 성전을 보기만 해도 사마리아인들은 영구적인 모욕과 부당함에 분노했다. 마나에이는 언젠가 그 성전에 몰래 들어가 죽은 자들의 뼈로 제단을 훼손한 적이 있었다. 날래지 못했던 동료들은 붙잡혀 목이 잘리고 말았지만.

그는 두 개의 언덕 사이에 있는 그 성전을 바라보았다. 성전의 하얀 대리석 벽과 지붕의 금장식이 햇빛에 반사되어 눈부시게 반짝였다. 그 것은 빛을 발하는 산과 같았으며, 화려함과 오만함으로 모든 것을 압

---

* 예수가 메시아인지 알아보기 위해 세례자 요한이 보낸 두 제자를 말한다. 「루가의 복음서」 7장 19절 참조.

도하는, 초인적인 그 무엇이었다.

그는 시온 언덕을 향해 두 팔을 내밀었다. 그러더니 몸을 똑바로 세워 고개를 뒤로 젖힌 채 두 주먹을 불끈 쥐고 성전을 향해 저주를 퍼부었다. 실제로 그 말이 효력이 있으리라 믿으면서.

그런 저주의 말을 듣고도 안티파스는 불쾌한 기색을 보이지 않았다.

사마리아인은 계속해서 말을 이어갔다.

"가끔 소란을 피우기도 합니다. 탈출하고 싶어서 그런 거겠죠. 풀려나길 바라기도 하고요. 그러다가 어떤 때는 병든 짐승처럼 잠자코 있습니다. 때로는 '무슨 상관이란 말인가! 그분은 더욱 커지셔야 하고 나는 작아져야 한다!*'고 되풀이하면서 어둠 속을 서성이는 모습도 보였습니다."

안티파스와 마나에이는 서로를 바라보았다. 하지만 분봉왕은 이것저것 생각하는 게 피곤해졌다.

거대한 파도들이 화석처럼 굳어 켜켜이 쌓인 듯한 주변의 모든 산들과, 절벽 비탈면에 뚫려 있는 깊고 검은 구멍들, 광막한 창공, 강렬한 햇살, 아득한 구렁들이 그의 마음을 어지럽혔다. 사막의 황량함이 그를 더욱 침울하게 했다. 쑥대밭이 되어버린 그의 영지 곳곳에 부서진 원형경기장들과 무너진 궁전들이 있었다. 유황 냄새가 섞인 무더운 바람은, 강기슭보다 더 낮아 거센 물살에 묻혀버린 이 저주받은 도시에서 퍼져나오는 악취 같은 것을 싣고 왔다. 이러한 영원히 없어지지도 않는 분노의 표지들 때문에 안티파스는 두려움에 휩싸였다. 그는 난간

---

* 「요한의 복음서」 3장 27~30절 참조.

에 팔꿈치를 괴고 양손을 관자놀이에 갖다댄 채 주변을 뚫어지게 바라보고 있었다. 그때 누군가 그를 툭 건드렸다. 뒤를 돌아보았다. 헤로디아가 그 앞에 서 있었다.

그녀는 샌들을 덮을 만큼 길게 내려오는 연자줏빛 드레스를 입고 있었다. 방에서 급히 나온 탓인지 목걸이도 귀고리도 달고 있지 않았다. 세 갈래로 땋아 늘어뜨린 검은 머릿단은 한쪽 팔을 타고 흘러내려 젖무덤 사이에서 멈추었다. 끝이 지나치게 올라간 콧구멍을 벌름거리며, 그녀는 승리의 기쁨으로 얼굴을 빛내고 있었다. 그녀가 분봉왕의 몸을 흔들면서 큰 소리로 말했다.

"황제는 우리 편이에요! 아그리파가 투옥되었대요!"*

"누구한테 들었소?"

"다 아는 수가 있어요!"

그러고는 그녀가 덧붙였다.

"카이우스**를 황제로 앉히려 했기 때문이래요!"

아그리파는 그들의 은덕으로 살고 있었으면서도 계략을 써서, 그만큼 그들도 열망하던 왕의 칭호를 탐했던 것이다. 그런데 앞으로는 걱정할 필요가 없게 되었다! "티베리우스 황제의 감옥은 그렇게 쉽사리 열리지 않는답니다. 목숨을 부지하는 것조차 장담할 수 없어요!"

안티파스는 그녀를 이해했다. 아그리파의 누이이긴 했지만, 그녀의 잔인한 의도는 정당해 보였다. 이렇게 흘리는 피는 어쩔 수 없는 일이

---

* 이것은 작가의 착오인 듯하다. 실제로 로마 역사에서 아그리파의 투옥은 세례자 요한의 죽음 후에 일어났다.

** 로마의 제3대 황제 카이우스 칼리굴라를 말한다.

며 왕가의 숙명이기도 했다. 헤로데 가문에서도 그런 일은 헤아릴 수 없이 많았다.

그녀는 자신이 꾸몄던 계략들을 자랑삼아 떠들었다. 어떻게 그 집 사람들을 매수했고, 편지를 가로채 폭로했는지, 어떻게 성문 곳곳에 첩자들을 풀어놓았는지, 또 어떻게 유티케스*를 자기편으로 만들어 아그리파를 밀고하게 했는지를 떠들어댔다. "제가 무엇이 무섭겠어요? 당신을 위해서 더한 일도 했잖아요?…… 딸까지도 버린걸요!"

헤로디아는 이혼한 뒤 자신의 딸을 로마에 남겨두고 왔다. 분봉왕과의 사이에서 또다른 자식들을 가질 생각이었다. 이제까지 헤로디아가 딸에 대해 언급한 적은 한 번도 없었다. 그녀가 왜 이리도 다정하게 구는 것인지 분봉왕은 의아했다.

시종들이 차광막을 펼치고 두 사람 곁으로 급히 커다란 방석들을 가져왔다. 헤로디아는 거기 몸을 파묻더니 등을 돌린 채 울었다. 그러다가 손으로 눈물을 훔치고는, 이제 그 일은 더이상 생각하고 싶지 않으며 자기는 지금 행복하다고 말했다. 그러고는 아트리움**에서 함께 이야기를 나누었던 일, 한증실에서 만났던 일, 로마의 개선 도로를 따라 산책하던 일, 저녁이면 커다란 교외 별장에서 눈앞에 펼쳐진 로마의 평야를 바라보고 꽃들이 드리운 아치 밑에서 분수의 속삭이는 듯한 물소리에 귀를 기울였던 일 들을 상기시켰다. 그녀는 교태 어린 몸짓으로 분봉왕의 가슴을 살짝 건드리면서 예전과 같은 눈길로 그를 바라보았다. 그

* 아그리파가 총애했던 해방 노예.
** 고대 로마 건축물에 설치된 넓은 마당. 보통 지붕이 없으나 지붕이 있는 경우에는 지붕 가운데 창구멍을 내고 바닥에는 빗물을 받는 직사각형의 연못을 설치한다.

러나 분봉왕은 그녀를 밀쳐냈다. 그녀가 되살리려 하는 사랑은 이제 너무나 먼 옛일이었다! 게다가 그녀와의 사랑에서 그의 모든 불행이 시작되었던 것이다. 그녀와 결혼한 지 벌써 십이 년이 되어가는데도 전쟁은 계속되고 있었다. 분봉왕도 늙어버렸다. 보랏빛 장식으로 가선을 두른, 검은색 토가 위로 드러난 그의 어깨는 굽어 있었다. 하얗게 센 머리털이 턱수염과 뒤엉켰고, 차광막을 뚫고 들어온 햇살에 비친 그의 이마는 주름져 있었다. 헤로디아의 이마에도 주름살이 많았다. 두 사람은 마주앉은 채 서로를 사납게 바라보았다.

산길 여기저기서 사람들이 하나둘 늘어나기 시작했다. 소를 재촉하는 목동들, 당나귀를 끄는 아이들, 말을 모는 마부들로 가득했다. 마케루스를 넘어서 언덕을 내려온 사람들은 성 뒤쪽으로 사라졌다. 정면에 있는 협곡을 따라 도시로 들어온 사람들은 집 안마당에다 짐을 부렸다. 분봉왕에게 물건을 대주는 장사치와, 잔치에 초대받은 주인보다 먼저 온 하인들이었다.

그때 테라스 왼쪽 구석에서 에세네파* 사람 한 명이 나타났다. 맨발에 흰옷을 걸친, 금욕적인 모습의 사내였다. 그러자 오른쪽에 있던 마나에이가 단검을 빼 들고 달려왔다.

헤로디아가 그를 향해 소리쳤다. "죽여라!"

"멈춰라!" 분봉왕이 말했다.

마나에이가 멈추었고, 상대방도 역시 멈췄다.

두 사람은 서로를 노려보며 뒷걸음질치다가 각기 다른 층계로 물러

* 1세기 무렵 사해 주변에 종교적 공동체를 이룬 유대교의 한 파.

났다.

"그자를 알아요!" 헤로디아가 말했다. "파누엘이라고 하는데, 요카난을 보러 온 거예요. 당신이 멍청하게 그를 살려두고 있으니까 그런 거라고요!"

안티파스는 언젠가 요카난이 쓸모가 있을 거라고 반박했다. 예루살렘을 향한 그의 공격이 나머지 유대인들을 자기편으로 끌어들이리라는 것이었다.

"아니에요!" 그녀가 다시 말했다. "유대인들은 누구라도 주인으로 받아들일 거예요. 그 족속은 나라를 이룰 능력이 없는걸요." 그러고는 느헤미야* 이후 내려오는 희망 따위를 이용해 백성들을 동요시키는 자는 가차없이 제거하는 것이 최선이라고 말했다.

그러나 분봉왕이 생각하기에 서두를 필요는 전혀 없었다. 요카난이 위험하다고! 설마! 그는 웃어넘기려 했다.

"그런 말 말아요!" 그녀는 방향성 식물을 채취하러 갈라드에 갔던 날 자신이 겪었던 치욕스러운 사건을 다시 언급했다. "그날 강가에서 사람들은 세례를 받은 후 옷을 입고 있었고, 언덕 한쪽에서는 어떤 사내가 설교하고 있었어요. 허리에 낙타 가죽을 두르고 머리는 사자 대가리처럼 풀어헤친 사내였죠. 그자는 저를 보자마자 예언자처럼 온갖 저주의 말을 퍼부었어요. 눈동자는 불꽃처럼 이글거렸고, 목소리는 사나운 짐승이 울부짖는 것 같았다고요. 그러더니 벼락이라도 내리려는 듯 양팔을 높이 쳐들었어요. 그 자리를 벗어나려 해도 벗어날 수가 없

---

* 구약성서에 나오는 기원전 450년 무렵의 인물.

었어요! 타고 있던 마차도 차축까지 모래 속에 파묻혀버렸어요. 소나기처럼 쏟아지는 욕설에 몸이 얼어붙어 가까스로 외투에 몸을 숨기고 빠져나왔다고요."

그녀의 삶에 요카난은 거북한 존재였다. 헤로디아는 병사들에게 요카난을 붙잡아 오랏줄로 묶을 때 조금이라도 반항을 하면 찔러 죽여도 좋다고 했다. 그러나 그는 순순히 응했다. 감옥 안에 뱀을 풀기도 했지만, 어떻게 된 일인지 뱀들이 죽어버렸다.

계략이 모조리 수포로 돌아가자 헤로디아는 참을 수가 없었다. 그런데 어째서 그자는 자기를 공격하는 것일까? 무슨 이득이 생긴다고? 그가 군중 앞에서 외친 설교는 입에서 입으로 널리 퍼졌다. 어디를 가도 들릴 정도로 온 사방에 가득했다. 상대가 군대라면 한바탕 붙어나 볼 텐데, 설교의 힘은 검투사의 양날 검보다 더 치명적이고 도저히 붙잡아놓을 수 없어 그녀로서도 어쩔 도리가 없었다. 그녀는 화가 치밀어 새파랗게 질린 얼굴로 테라스를 서성거렸다. 자기를 숨막히게 하는 것이 무엇인지 표현하려 해도 적당한 말이 생각나지 않았다.

그녀는 분봉왕이 여론에 못 이겨 혹시 자기를 내쫓지나 않을까 염려했다. 그렇게 되면 모든 것이 끝장이었다! 어려서부터 그녀는 대제국의 주인이 되는 꿈을 키워왔다. 첫 남편을 버리고 이 남자 곁으로 온 것도 그 꿈을 이루기 위해서였다. 그런데 이제는 이 남자가 자기를 속였다는 생각이 들었다.

"제가 당신 가문에 들어오면서 당신한텐 든든한 후원군이 생겼죠."

"우리 가문이나 당신 가문이나, 그게 그거요!" 분봉왕이 간단히 대꾸했다.

헤로디아는 사제였고 왕이었던 조상들의 피가 자신의 혈관 속에서 끓어오르는 것을 느꼈다.

"당신 할아버지는 아스칼론 신전에서 청소나 하셨던 분이잖아요. 다른 분들도 목동이거나 산적, 아니면 대상隊商의 길잡이였거나, 다윗 왕이래 유대에 종속된 유목민들이었잖아요! 제 조상들이 그런 당신 조상들을 정복했고요. 마카베오가*의 형제들 가운데 가장 용맹했던 자**는 당신네들을 헤브론에서 몰아냈고, 히르카누스는 당신네 아이들을 할 례시켰고요!" 그러고는 평민들을 향한 귀족의 경멸을, 에돔***을 향한 야곱의 증오를 드러내며, 자기가 당한 모욕에 남편이 어쩌면 그토록 냉담할 수 있는지, 그를 배신한 바리새인들에게 이토록 관대할 수 있는지, 자기를 미워하는 백성들에게 그렇게 비굴할 수 있는지 책망했다. "당신도 그들과 다를 바 없어요, 인정하세요! 당신은 바위 주변을 돌며 춤추던 그 아랍 계집이 그리우시죠. 그년을 다시 불러들이지그래요! 어서 가서 그년의 막사 속에서 함께 사세요! 그년이 잿더미 속에서 구워낸 빵을 꿀꺽 삼키고, 상해서 엉긴 양젖이나 실컷 마시면서요! 그 푸르죽죽한 뺨에다 실컷 입맞추세요! 그리고 나 같은 건 잊어버리세요!"

---

* 기원전 2세기 팔레스타인에서 활약한 제사장 가문.
** 유대인들의 지도자인 유다 마카베오(혹은 마카비)를 말한다. 그는 아버지인 마타티아스에 이어 유대인들을 이끌며 기원전 161년 전투에서 전사할 때까지 평생을 전장에서 보냈다. 사자처럼 용맹했던 그는 셀레우코스 군대와 이민족 군대를 격파한 뒤 예루살렘에서 제우스 신상을 제거하고 성전을 봉헌했다.
*** 야곱의 쌍둥이 형 에서(Esau)를 말한다. 에서는 에돔(Edom)이라는 이름도 가지고 있어 그의 자손들을 '에돔인'이라고 부르기도 한다. 히브리어로 에돔은 '머리카락이 빨간 사람'을 의미한다. 그 별명은 붉은 죽 한 그릇에 쌍둥이 동생인 야곱에게 장자권을 팔아서 붙은 것이다.

분봉왕은 더이상 그녀의 말을 듣지 않았다. 그는 어느 집의 편평한 난간뜰을 바라보고 있었다. 그곳에는 한 소녀와 낚싯대만큼이나 기다란 갈대로 만든 파라솔을 든 노파가 있었다. 양탄자 한가운데 커다란 여행용 바구니 하나가 열린 채 놓여 있었다. 그 안에는 허리띠, 베일, 귀고리에 다는 금은세공 장신구들이 어지럽게 가득 담겨 있었다. 소녀는 이따금 몸을 숙여 물건들을 집어들어서는 공중에 흔들곤 했다. 그녀는 로마 여인들처럼 치장한 모습이었다. 주름잡힌 낙낙한 튜닉에, 에메랄드 장식이 주렁주렁 달린 짧은 스커트 모양의 천을 허리에 두르고 있었다. 파랗고 가느다란 가죽끈으로 머리카락을 동여맸는데, 숱이 너무 많아 무거운지 이따금 손으로 머리를 받치곤 했다. 파라솔의 그늘이 머리 위로 드리워져 그 모습이 반쯤 가려졌다. 안티파스는 그녀의 가녀린 목과 눈 가장자리, 귀엽게 생긴 입언저리를 두세 번 힐끔거렸다. 그러다가 몸을 숙인 다음 탄력 있게 일어서는 엉덩이에서 목덜미까지, 몸 전체를 훑어보았다. 이같이 되풀이되는 움직임을 염탐하듯 바라보는 동안 안티파스의 호흡은 거칠어졌고, 눈에서는 불꽃이 이글거렸다. 헤로디아는 그런 그의 모습을 유심히 지켜보고 있었다.

　분봉왕이 물었다. "저애는 누구요?"

　헤로디아는 전혀 모르는 사람이라고 대답하고는, 갑자기 누그러진 태도로 그 자리에서 물러났다.

　주랑 현관 아래에는 갈릴리인들, 회계 책임자, 목장 관리인, 염전 관리인 그리고 기병대를 지휘하는 바빌로니아 출신의 유대인 한 명이 분봉왕을 뵙기를 청하고 있었다. 그가 모습을 드러내자 모두들 그에게 환호를 보내며 인사를 올렸다. 그러자 분봉왕은 다시 성채의 방들 쪽으로 사라졌다.

복도 모퉁이에 파누엘이 갑자기 나타났다.

"아, 또 자넨가? 분명 요카난을 만나러 온 것이겠지?"

"당신 때문에 온 것이기도 합니다! 당신께 알려드릴 중대한 소식이 있습니다."

그러고는 안티파스 뒤에 바싹 붙어 컴컴한 방안으로 따라 들어갔다.

햇빛이 쇠창살 사이로 내려와 코니스 아래 넓게 드리웠다. 벽은 거의 검정빛에 가까운 붉은색으로 칠해져 있었다. 방 안쪽에는 황소 가죽으로 만든 띠를 댄 흑단 침대가 놓여 있고, 그 위에서 황금 방패가 태양처럼 반짝이고 있었다.

안티파스는 방을 가로질러 침대에 드러누웠다.

파누엘은 그대로 서 있었다. 그는 팔을 들고는 계시를 받은 듯한 자세로 말했다.

"지극히 높으신 하느님께서는 이따금 당신의 아들 중 한 분을 지상에 내려보내십니다. 요카난이 바로 그런 분입니다. 그를 박해한다면 벌을 받으실 겁니다."

"그가 나를 박해하고 있다네!" 안티파스가 소리를 높였다. "그는 나에게 불가능한 것을 요구했어.* 그후로 나는 고통받고 있다네. 나도 처음에는 그를 혹독하게 대하지 않았어! 그런데 그자는 마케루스에 패거

---

* 「마르코의 복음서」와 「마태오의 복음서」에 따르면 요한이 체포된 이유는 헤로데와 헤로디아의 결혼을 문제삼기 때문이다. 헤로디아는 헤로데의 이복형제 보에투스의 아내였다. 모세의 율법은 형제의 아내와의 결혼을 금하고 있어 세례자 요한은 그 점을 신랄하게 비난했다고 한다.

리들을 보내 내 영지를 전복하려는 짓까지 했단 말일세. 그자에게 저주가 있기를! 그자가 나를 공격하니, 나도 방어하는 수밖에."

"그의 분노가 거칠고 사납긴 합니다." 파누엘이 대답했다. "하지만 그를 풀어주셔야만 합니다."

"미쳐 날뛰는 짐승은 풀어주지 않는 법이네!" 분봉왕이 말했다.

에세네파 사람이 대답했다.

"걱정하지 마십시오! 그는 곧 아랍인, 갈리아인, 스키티아인의 고장으로 떠날 것입니다. 그의 과업은 세상 끝까지 소식을 전하는 것이니까요."

안티파스는 환영에 시달리고 있는 듯했다.

"그자의 능력은 대단해! 내 의지와는 상관없이 그만 마음이 끌리고 만단 말이야."

"그러시면 석방시키겠습니까?"

분봉왕은 설레설레 고개를 내저었다. 헤로디아와 마나에이, 그리고 그 미지의 인물이 두려웠다.

파누엘은 에세네파 사람들이 왕들에게 복종해온 사실을 열거하면서 분봉왕을 설득하려 했다. 사실 가난하긴 해도 에세네파 사람들은 세상 사람들의 존경을 받았다. 그들은 고난에도 굴하지 않았고, 삼베옷을 입고 다녔으며, 별을 보고 앞날을 점칠 줄도 알았다.

안티파스는 조금 전에 파누엘이 했던 말을 떠올렸다.

"아까 자네가 말한 그 소식이란 게 무엇인가?"

그때 흑인 하나가 불쑥 들어왔다. 온몸에 하얗게 먼지를 뒤집어쓰고 있었다. 그는 가쁜 숨을 몰아쉬면서 간신히 이렇게 말했다.

"비텔리우스께서!"

"뭐라고? 그분이 도착하셨단 말인가?"

"그분을 보았습니다. 세 시간 후면 여기 도착하실 겁니다!"

복도 쪽 커튼들이 바람에 나부끼듯 흔들렸다. 갑자기 성안이 온통 소란스러워졌다. 사람들이 야단법석을 떨면서 뛰어다니는 와중에 가구들을 옮기는 소리가 시끌벅적했고, 은그릇더미가 무너져 떨어지며 쨍그랑 소리를 내기도 했다. 그리고 탑 꼭대기에서는 흩어져 있던 노예들을 한곳으로 집합시키는 나팔 소리가 울려퍼졌다.

2

비텔리우스가 성안으로 들어섰을 때, 성벽 주변은 인산인해를 이루고 있었다. 길고 낙낙한 겉옷을 입은 비텔리우스는 원로원 의원의 휘장을 두르고 집정관의 가죽 장화를 신은 채 통역관의 팔에 몸을 기대고 있었다. 깃털과 운모로 장식한 커다란 붉은색 가마가 그의 뒤를 따랐고, 그 주위를 릭토르*들이 경호했다.

릭토르들은 가죽띠로 묶은 막대기 사이에 도끼 한 자루를 꽂아 넣은 속간束杆**열두 개를 성문에다 세웠다. 그러자 사람들 모두 로마인의 위엄 앞에 몸을 떨었다.

여덟 명의 사나이가 메고 가던 가마가 멈추었다. 그 안에서 배가 불

---

* 로마 시대 집정관의 수행원.
** 행진을 할 때 등 여러 상황에서 종종 집정관의 권위나 로마공화정의 상징으로 쓰였다.

룩하고 얼굴에는 여드름이 난 청년이 나왔다. 손가락마다 진주 반지를 끼고 있었다. 포도주와 향신료를 가득 담은 술잔을 바치자, 그는 그것을 마시고 한 잔을 더 요구했다.

분봉왕은 총독의 발아래 엎드려 이렇게 행차하실 것을 미리 알지 못해 송구하다고 말했다. 좀더 일찍 알았다면 오시는 길목마다 비텔리우스 가문을 위해 만반의 준비를 갖추어놓았을 거라면서 말이다. 그는 비텔리우스 가문은 비텔리아 여신의 후손이라고 칭송했다. 또한 야니쿨룸 언덕에서 바다로 이르는 길 하나는 여전히 비텔리우스라는 이름으로 불린다고, 그 가문에서는 대대로 재무관과 집정관이 많이 나왔다고, 오늘의 주빈이신 루키우스님으로 말하자면 킬리키아*의 정복자이자 이 자리에 계신 젊은 아울루스**님의 아버지로서 존경받아 마땅하다고, 그 아드님께서 이제 신들의 고장인 이곳 동방으로 돌아오신 모양이라고 덧붙였다. 이러한 과장된 아부를 그는 라틴어로 읊어댔다. 비텔리우스는 그와 같은 말을 덤덤하게 듣고 있었다.

비텔리우스는 돌아가신 헤로데 대왕은 유대 민족의 영광이셨다는 말로 답례했다. 그리고 아테네인들이 대왕에게 올림피아 제전 감독관의 지위를 부여했다고, 대왕은 아우구스투스를 기리기 위해 신전들을 지으셨다고, 또한 대왕은 인내심과 재주가 많고 권위로 굴복시켰으며 로마 황제들에게 항상 충성스러웠다고 찬사를 늘어놓았다.

---

* 킬리키아 또는 기리시아는 소아시아의 남동쪽 해안, 키프로스 북쪽의 해안 지역을 말하는 고대의 지명이다.
** 아울루스 비텔리우스는 아버지 루키우스 비텔리우스의 뒤를 이어 48년 집정관이 되었고 61년경에는 아프리카 총독이 되었다. 69년 로마의 제8대 황제가 되었다.

윗부분을 청동으로 장식한 기둥들 사이로, 은도금한 쟁반에 불붙인 향을 받쳐든 시녀들과 환관들의 호위를 받으며 여왕 같은 자태로 걸어오는 헤로디아의 모습이 보였다.

총독은 세 걸음 나아가 그녀를 맞이했고 그런 다음 머리 숙여 인사했다.

"진심으로 기쁘게 생각합니다!" 그녀가 큰 소리로 말했다. "티베리우스의 적인 아그리파가 이제는 힘을 잃었습니다!"

총독은 그 사실을 모르고 있었다. 그는 이 여자를 위험한 인물로 여겼다. 그리고 안티파스가 황제를 위해서라면 무엇이든 하겠다고 맹세하자 이렇게 반문했다. "남을 희생시켜서라도 말이오?"

일전에 비텔리우스는 파르티아족의 왕으로부터 많은 인질들을 구해낸 적이 있었다. 황제는 그 사실을 알지 못했는데, 회의에 참석했던 안티파스가 먼저 그 소식을 보고하여 공을 가로챘기 때문이다. 비텔리우스는 안티파스에게 깊은 원한을 가지게 되었고, 지원군을 보내는 데시간을 끈 것도 그 때문이었다.

분봉왕이 우물우물하자 아울루스가 웃으면서 말했다.

"안심하시오, 내가 그대를 돌봐주겠소!"

총독은 그 말을 못 들은 척했다. 그의 권세는 아들의 수치스러운 행동으로 얻은 것이었다. 카프리 섬의 퇴폐가 피어올린 꽃인 그의 아들이 그에게 막대한 혜택을 안겨주었기에,* 독이 있는 꽃이라 경계를 하

---

* 로마의 제2대 황제인 티베리우스는 이십 년 통치 기간 중 마지막 십 년을 카프리 섬 별장에 틀어박혀 은둔의 정치를 펼쳤다. 별장에서 자라난 아울루스는 황제의 총애를 받으며 방탕한 연회에 참석했고, 그 덕에 그의 아버지는 출세할 수 있었다.

면서도 그는 아들을 존중했다.

성문 아래쪽이 소란스러웠다. 사제복을 입은 사람들이 흰 노새를 타고 안내를 받으며 줄줄이 들어오고 있었다. 사두개파*와 바리새파** 사람들이었다. 그들 모두 똑같은 야심을 품고 마케루스로 달려온 것이다. 사두개파는 제물을 바치는 제사장의 권한을 얻고자 했고, 바리새파는 그것을 내주지 않으려 했다. 그들의 얼굴빛은 어두웠다. 로마제국과 헤로데 분봉왕에 적대적인 바리새파의 얼굴빛이 더욱 그랬다. 사제복의 늘어진 자락 때문에 혼잡한 군중 속을 지나가기가 거추장스러웠고, 머리에 쓴 삼중관三重冠은 성서의 글귀를 쓴 흔적이 남아 있는 양피지로 만든 머리끈에 간신히 매달린 채 이마에서 흔들거리고 있었다.

거의 동시에 전위대의 병사들이 도착했다. 그들은 먼지가 앉지 않도록 방패를 자루에 넣어두었다. 그 뒤로는 총독의 부관인 마르셀루스가 겨드랑이에 나무 서판을 낀 세리 몇 사람과 함께 서 있었다.

안티파스는 자신의 측근들 가운데 중요한 몇 사람의 이름을 부르면서 소개했다. 톨마이, 칸데라, 세온, 분봉왕에게 천연 아스팔트를 사준 알렉산드리아의 암모니우스, 경보병 대장인 나만, 바빌로니아인 이아심 등이었다.

비텔리우스는 마나에이를 유심히 쳐다보았다.

"저 사람은 누구요?"

---

* 유대교의 한 종파. 바리새파의 엄격한 율격주의를 반대하고 부활과 영생, 천사와 영을 부인하던 현실주의적인 교파였다.
** 율법의 준수와 종교적인 순수함을 강조하였다. 형식주의와 위선에 빠져 예수를 공격한 종파.

분봉왕은 그가 사형집행인임을 몸짓으로 알려주었다.

그런 다음 사두개파 사람들을 소개했다.

작은 키에 자유분방한 요나타스는 총독에게 예루살렘을 방문해주시면 영광이겠노라고 그리스어로 간청했다. 총독은 그럴 예정이라고 대답했다.

매부리코에 수염을 길게 기른 엘레아자르는 속세의 권력기관에 의해 안토니우스의 탑 안에 유치된 대제사장의 법복을 바리새파에게 돌려달라고 청했다.

이어서 갈릴리 사람들은 본디오 빌라도를 고발했다. 빌라도가 사마리아 부근에 있는 어느 동굴에서 다윗의 금항아리들을 찾고 있던 한 미치광이를 빌미로 주민들을 살해했다는 것이었다. 모두 한꺼번에 그 이야기를 했는데, 그중에서도 마나에이의 목소리가 격앙되어 있었다. 비텔리우스는 죄를 지은 자는 벌을 받아야 한다고 딱 잘라 말했다.

그때 병사들이 방패를 걸어둔 주랑 현관 맞은편에서 고함소리가 터져나왔다. 방패의 덮개가 벗겨져 방패 중앙에 새겨진 황제의 초상이 드러나고 말았기 때문이다. 유대인들에게 그것은 하나의 우상숭배였다. 비텔리우스가 주랑의 높은 자리에 앉아 유대인들의 분노를 의아하게 여기는 동안, 안티파스는 그들에게 일장 연설을 늘어놓았다. 티베리우스 황제는 이렇게 소란을 피우던 유대인 400명을 사르데냐로 추방한 적이 있었다는 얘기였다. 그러나 지금 그들의 고장에 있는 이상 어쩔 수 없어, 그는 병사들에게 방패를 치우라고 명령했다.

그러자 그들은 총독을 에워싸고는, 부당한 처우에 대해 보상해주고 몇 가지 특혜와 적선을 베풀어달라고 하소연했다. 옷이 찢어지고 서로

밀고 당기고, 그야말로 아수라장이었다. 노예 몇 명이 몽둥이를 양옆으로 휘둘러 길을 텄다. 성문 가까이 있던 사람들은 좁은 길로 내려갔고, 다른 사람들은 그 길로 올라오려고 했다. 모두들 썰물처럼 빠져나가며 두 갈래의 인파가 짓눌린 채 성벽을 따라 오르락내리락하는 군중들 속에서 엇갈렸다.

왜 이렇게 사람이 많으냐고 비텔리우스가 물었다. 안티파스는 자신의 생일 축하연 때문이라고 대답했다. 그러면서 성벽의 오목한 부분으로 몸을 내밀어 갖가지 커다란 바구니들을 끌어올리는 하인들을 가리켰다. 거기에는 고기, 과일, 채소, 영양, 황새, 커다란 푸른빛 물고기, 포도, 수박, 피라미드 모양으로 쌓아올린 석류 등이 담겨 있었다. 아울루스는 더이상 참을 수가 없었다. 그는 즉시 부엌으로 달려갔다. 뒷날 온 세상을 깜짝 놀라게 한 그 엄청난 식욕을 누를 수 없었던 것이다.

지하 창고 옆을 지나던 그는 흉갑과 비슷하게 생긴 솥들을 보았다. 비텔리우스도 와서 그것들을 보고는 성채 지하의 방들을 모두 열라고 요구했다.

암벽을 깎아 만든 지하 방들의 천장은 높은 반원 모양이었고 군데군데 기둥이 세워져 있었다. 첫번째 방에는 낡은 갑옷과 투구들이 보관되어 있었다. 두번째 방에는 창들이 가득했는데, 깃털 장식 위로 끝을 내민 채 길게 늘어서 있었다. 세번째 방에는 가느다란 화살들이 수직으로 세워져 있는 모습이, 마치 갈대를 잔뜩 깔아놓은 듯했다. 네번째 방에는 초승달 모양의 큰 칼들이 내벽을 뒤덮고 있었다. 다섯번째 방의 중앙에 정렬된 투구들은 꼭대기에 달린 깃털 장식 때문에 꼭 빨간 뱀들이 무리 지어 득실거리는 것만 같았다. 여섯번째 방에는 화살통들만, 일곱번째에는 각반들만, 여덟번째에는 갑옷의 팔받이들만 있었다. 그다음 방들에는 쇠갈퀴, 쇠갈고리, 사다리, 밧줄에서부터 투석기의 버팀대와 단봉낙타의 가슴팍에 다는 방울에 이르기까지 갖가지 물건들이 있었다! 게다가 바위산은 아래로 내려갈수록 점점 넓어졌고 벌통처럼 안으로 구멍이 뚫려 있었기에, 그 아래로 더 깊고 더 많은 방들이 이어졌다.

비텔리우스와 통역관 피네아스, 세리 시센나는 세 명의 환관이 받쳐든 횃불을 따라 그 방들을 샅샅이 둘러보았다.

어둠 속에서 그들은 야만인들이 만들어낸 끔찍한 물건들을 보았다. 못을 박은 곤봉, 찔리면 독이 퍼지는 창, 악어의 턱뼈처럼 생긴 노루발 따위였다. 요컨대 헤로데 분봉왕은 마케루스 성채에 4만의 병사가 무장할 수 있는 양의 군수품을 갖춰두고 있었다.

적들끼리 동맹을 맺어 쳐들어올 경우에 대비해서 그는 이 군수품들을 비축해놓았던 것이다. 그러나 총독의 입장에서 보면 그것들이 로마인들과 싸우기 위한 것이 아닌지 의심할 만했다. 그래서 분봉왕은 변명거리를 찾느라 쩔쩔맸다.

그는 이 군수품들이 자기 것이 아니며, 대부분은 비적들을 방어하기 위한 것이라고 했다. 무엇보다 아랍인들에 대항하기 위해서는 꼭 필요한 물건들이고, 사실 이 모든 것은 자기 아버지가 갖고 있던 것이라고 변명했다. 그러고는 총독의 뒤를 따라가는 대신 빠른 걸음으로 앞장서더니 이윽고 벽에 몸을 기댄 채 팔을 벌려 긴 옷자락으로 뒤쪽을 가렸다. 그렇지만 문 윗부분이 그의 머리보다 높은 곳에 있었다. 비텔리우스는 이를 알아채고는 그 안에 뭐가 있는지 알고 싶다고 했다.

바빌로니아인만이 그 문을 열 수 있었다.

"그 바빌로니아인을 부르시오!"

모든 사람이 그가 오기를 기다렸다.

그의 아버지는 유프라테스 강변에서 기병 500을 거느리고 이곳에 와서 헤로데 대왕*을 위해 동쪽 국경을 지키겠다고 나선 사람이었다. 유다왕국이 분할된 뒤 야킴은 필립보** 휘하에 있었는데, 지금은 안티파스를 섬기고 있었다.

그는 어깨에 활을 메고 손에는 채찍을 든 채 나타났다. 안쪽으로 휜 다리에는 색색의 끈이 둘러져 있었다. 소매 없는 짧은 윗옷을 입은 탓에 굵은 두 팔이 밖으로 드러났고, 챙 없는 털가죽 모자가 턱수염이 고불고불 수북하게 말린 얼굴을 가려주고 있었다.

처음에 그는 통역관의 말을 이해할 수 없다는 표정을 지었다. 그러자 비텔리우스가 안티파스에게 눈짓을 했고, 분봉왕은 즉시 명령을 되풀이했다. 야킴이 문에다 두 손을 대자 문은 벽 안으로 미끄러져 들어갔다.

어둠 속에서 후텁지근한 바람이 밀려왔다. 나선형으로 된 좁은 통로가 아래쪽으로 이어져 있었다. 그 통로를 따라 그들은 어떤 동굴의 입구에 다다랐다. 지하의 다른 방들보다 훨씬 넓은 곳이었다.

동굴 안에는 아치형 통로가, 성채를 외부로부터 보호하는 절벽 쪽으

---

* 헤로데 1세. 로마제국이 유대를 간접 지배하기 위해 유대의 왕으로 임명한 자다. 그리스도의 탄생을 두려워하여 베들레헴의 두 살 이하의 유아를 모조리 죽였다고 한다.

** 헤로데 대왕은 마지막 유언을 통해 자기 영토를 세 아들에게 나누어주었다. 아르켈라우스는 유대와 사마리아의 왕이 되도록 했고, 필립보와 안티파스에게는 분봉왕으로서 나머지 영토를 나누어 다스리도록 했다.

로 뚫려 있었다. 둥근 천장에 매달린 인동덩굴은 꽃잎을 햇빛에 흠뻑 늘어뜨린 모습이었다. 바닥에는 실낱같은 물줄기가 졸졸 흘렀다.

100여 마리의 흰말들이 그곳에서 주둥이 높이로 설치된 널빤지에 놓인 보리를 먹고 있었다. 갈기는 모두 파란색으로 물들어 있었고, 발굽은 에스파르트 풀로 짠 벙어리장갑에 감싸여 있었으며, 양쪽 귀 사이에 난 털은 이마뼈 위로 수북이 흘러내려 마치 가발 같았다. 말들은 긴 꼬리를 흔들거리며 뒷다리 관절을 부드럽게 툭툭 건드렸다. 총독은 감탄한 나머지 말문이 막혔다.

뱀처럼 유연하고 새처럼 날렵한, 너무나도 멋진 짐승들이었다. 그놈들은 기병들이 쏜 화살만큼이나 빠르게 달려나가 사람들의 배를 물어뜯어 고꾸라뜨리고, 바위 같은 장애물을 단숨에 벗어나고, 깊은 구렁을 뛰어넘으며, 진종일 들판을 질주하다가도 정지신호 한마디에 멈춰서는 놈들이었다. 야킴이 나타나자, 놈들은 양치기가 왔을 때의 양들처럼 몰려들어 그에게 목을 내밀고 어린애 같은 애타는 눈망울로 그를 바라보았다. 늘 하던 대로 야킴이 목구멍 깊은 곳에서 나오는 쉰 목소리로 크게 외치자, 활기를 되찾은 놈들은 광활한 공간을 치달리고 싶은지 뒷발로 일어섰다.

혹시라도 비텔리우스가 이 말들을 보고 탐을 내 몰수해갈까 염려되어, 안티파스는 포위공격에 대비해 비밀스럽게 마련한 이곳에 말들을 가두어놓은 것이었다.

"마구간이 형편없군." 총독이 말했다. "이러다가 말들이 다 병들어 죽어버리겠어! 목록을 작성해두게, 시센나!"

세리는 허리춤에서 서판을 꺼내더니 말의 수효를 세어 기록했다.

세금 징수를 맡아보는 관리들은 지방 주민들을 약탈하기 위해 장관들을 매수하곤 했다. 이자도 족제비 같은 턱을 내밀고 눈을 깜박거리며 속속들이 냄새를 맡고 다니는 사람이었다.

마침내 모두 성의 안뜰로 다시 올라왔다.

돌을 다져 꾸민 뜰 한가운데 청동으로 만든 둥근 뚜껑들이 여기저기 저수통들을 덮고 있었다. 세리는 그 뚜껑들 가운데 하나가 유난히 큰 것을 알아차리고는 발뒤꿈치로 두드려보았으나 소리가 나지 않았다. 그는 뜰 안의 뚜껑들을 하나하나 두드려보더니 발을 구르며 소리쳤다.

"찾았어요! 찾았어! 헤로데 대왕의 보물이 여기 있어요!"

로마인들은 헤로데 대왕의 보물에 광적으로 집착하고 있었다.

그런 건 없다고 분봉왕이 맹세했다.

그렇다면 그 밑에는 무엇이 있단 말인가?

"아무것도 없습니다! 죄수 한 놈뿐입니다."

"보여주시오!" 비텔리우스가 말했다.

분봉왕은 응하지 않았다. 그렇게 되면 유대인들에게 자신의 비밀이 탄로나기 때문이었다. 뚜껑을 열지 않으려는 그의 태도에 비텔리우스는 부아가 치밀었다.

"때려 부숴라!" 비텔리우스가 릭토르들에게 소리쳤다.

마나에이는 그들이 어떻게 할 것인지 진작부터 알고 있었다. 릭토르들이 들고 있는 도끼를 보니 그들은 요카난의 목을 벨 것 같았다. 그래서 그는 릭토르들의 도끼질을 멈추게 하고는 뚜껑과 바닥돌 사이에 작은 갈고랑이 같은 것을 끼워 넣었다. 그러고는 길고 깡마른 두 팔에 힘을 주어 천천히 들어올리자 뚜껑이 땅바닥에 툭 하고 떨어졌다. 모두가 노인의 괴력에 감탄했다. 나무를 붙여 이중으로 만든 덮개 밑에는 똑같은 크기의 뚜껑 문이 하나 더 있었다. 주먹으로 한 번 내려치자 그것은 둘로 접혔고, 그 밑으로 구멍이 하나 보였다. 커다란 구덩이였다. 난간이 없는 계단을 통해 밑으로 내려가게 되어 있었다. 가장자리에서 몸을 숙여 그 안을 들여다본 사람들은 바닥에 뭔가 희미하고 소름 끼치는 것이 있음을 알아차렸다.

한 사람이 바닥에 가로누워 있었다. 길게 자라 흘러내린 머리카락은 등을 뒤덮어 몸에 걸친 짐승의 털과 뒤섞여 있었다. 그가 일어났다. 그의 이마가 수평으로 짜인 쇠창살에 닿았다가 동굴의 깊은 어둠 속으로 사라지곤 했다.

햇빛을 받아 사제들의 삼중관과 칼자루의 둥그스름한 끄트머리가 반짝거렸고, 바닥돌이 뜨겁게 달아올랐다. 프리즈*에서 날아오른 몇 마리의 비둘기들이 안뜰 위를 빙빙 돌고 있었다. 여느 때라면 마나에이가 비둘기에게 모이를 주는 시간이었다. 지금 그는 비텔리우스 곁에 선 분봉왕 앞에 웅크리고 있었다. 그 뒤로 갈릴리인들, 사제들, 병사들이 둥그렇게 모였다. 모두가 바야흐로 무슨 일이 일어날지 두려워하며 숨을 죽였다.

먼저 깊은 한숨 소리가 터져나왔다. 굵고 낮은 목소리였다.

궁전의 다른 쪽 끝에서, 헤로디아가 그 소리를 들었다. 이상한 마력에 이끌려 그녀는 사람들을 헤치고 나와, 마나에이의 어깨에 한 손을 얹은 채 몸을 굽혀 귀를 기울였다.

---

* 고전 건축의 기둥머리가 받치고 있는 세 부분 중 가운데. 코니스보다 아래에 있다.

목소리는 점점 커졌다.

"재앙이 내리리라. 바리새인들과 사두개인들이여! 독사의 자식들이여, 속 빈 가죽부대여, 소리만 요란한 심벌즈여!"

사람들은 그가 요카난임을 알아차렸다. 그의 이름을 쑤군덕거렸다. 다른 사람들도 몰려왔다.

"너희 민족에게 재앙이 내리리라! 유대의 배신자들아, 주정뱅이 에브라임인들아, 비옥한 골짜기에 살면서 술에 취해 비틀거리는 자들아!

흘러내리는 물처럼, 기어다니다 녹아버리는 민달팽이처럼, 햇빛도 못 보는 어미의 조산아처럼, 멸망할지니!

모아브인들이여, 너희는 참새들처럼 삼나무 속으로, 쥐들처럼 동굴 속으로 피신하라. 아무리 견고한 성문도 호두껍데기보다 쉽게 부서지리라. 성벽이 무너지고, 도시들은 온통 불꽃으로 뒤덮이리라. 신의 응징은 그치지 않으리라. 염색공의 통에 담긴 피륙처럼, 그분께서는 너희 몸뚱이를 너희 핏속에 담가 휘저으시리라. 날카로운 쇠스랑으로 땅을 파헤치듯 너희들의 몸을 갈기갈기 찢어놓고, 그 살점들은 남김없이 이 산 저 산에 흩뿌리시리라."

그가 말하는 정복자란 누구일까? 비텔리우스일까? 사실 그러한 살육을 할 수 있는 것은 로마인들뿐이었다. 여기저기서 불평의 소리가 들려왔다. "그만! 그만! 이제 멈추시오!"

그러자 그는 더 큰 소리로 계속했다.

"어미의 시체 곁에서 아이들은 잿더미 속을 기어다니리라. 밤이면 칼 맞을 위험을 무릅쓰고 폐허 속을 전전하며 빵을 구하러 다니리라. 노인들이 저녁마다 이야기를 나누던 광장에는 자칼의 무리들이 몰려와 너희들의 뼈를 차지하려 하리라. 너희의 딸들은 눈물을 삼키며 이 방인의 향연에서 키타라*를 켜고, 너희의 가장 용감한 아들들은 너무나도 무거운 짐에 살가죽이 벗겨지고 등골이 휘리라!"

그곳에 모인 많은 사람들은 과거 자신의 조상들이 추방당했던 일이나 역사에 전해 내려오는 재앙들을 떠올렸다. 그것은 지난날 선지자들이 했던 말이었다. 요카난은 일격을 가하듯, 그 말들을 차례로 구구절절 퍼부었다.

그러다가 문득 그의 목소리가 노래하듯 부드럽고 조화롭게 바뀌었다. 그는 해방의 시기가 도래하고 하늘에는 영광이 가득하리라는 것을, 용의 은신처에 팔 하나를 넣은 신생아를, 진흙 대신 황금을, 장미처럼 생명이 피어나는 사막을 예고했다. "지금 60키카르** 나가는 것을 그때는 1오볼***로 살 수 있으리라. 바위에서 젖이 샘솟고, 배불리 먹은 백성들은 포도 짜는 곳간에서 편히 잠들리라! 내가 기다리는 당신은 언제 오시는가? 모든 백성이 모두 미리 당신을 경배할 것이며, 당신의 지배는 영원하리라, 다윗의 자손****이여!"

분봉왕은 주춤 뒤로 물러났다. 다윗의 자손이 존재한다는 사실이 위협하듯 그를 능멸했다.

요카난은 왕국을 통치하는 안티파스에게 욕설을 퍼부었다. "영원한 신 외에 어찌 다른 왕이 있단 말인가!" 그러더니 분봉왕의 정원과 동상

---

* 고대 그리스의 현악기. 리라와 비슷하나 좀더 크다.
** 히브리인들이 사용하던 금화 단위.
*** 아주 적은 금액의 고대 은화.
**** '메시아'를 달리 이르는 말. 신약성서에서는 '예수그리스도'를 뜻한다.

들, 상아로 만든 가구들을 가리키며 그를 불경한 아합*과 같다고 비난했다.

안티파스는 자신의 가슴에 달려 있던 장식 끈을 잡아 뜯어 구멍 속으로 집어던지며 닥치라고 명령했다.

목소리가 다시 울려왔다.

"나는 곰처럼, 야생 나귀처럼, 아이를 낳는 여인처럼 울부짖으리라!

너의 근친상간에 대한 벌은 이미 내려졌노라. 노새가 새끼를 갖지 못하듯, 신은 너에게 불임의 고통을 주었느니라!"

그러자 물결이 찰랑거리듯 웃음소리가 사방에서 터져나왔다.

비텔리우스는 그 자리에 고집스레 머물러 있었다. 통역관이 냉정한 어조로 요카난이 쏟아내는 욕설을 모두 라틴어로 옮겼다. 그래서 분봉왕과 헤로디아는 꼼짝없이 똑같은 욕설을 두 번이나 들어야 했다. 헤로디아는 너무 기막혀 입을 다물지 못한 채 지하 감옥 밑바닥을 바라보았고, 분봉왕은 숨을 헐떡거렸다.

그 무시무시한 사내는 고개를 뒤로 젖히더니 쇠창살을 거머잡아 거기다 얼굴을 갖다댔다. 덥수룩한 그의 얼굴은 두 개의 숯불이 벌겋게 타오르는 가시덤불 같았다.

"아! 너로구나, 이세벨**!

신발을 달그락달그락 울리며 너는 저 사내의 마음을 홀렸지. 암말처럼 히힝거렸고, 희생제를 지내기 위해 산 위에 침실을 만들었구나!

* 이스라엘왕국의 제7대 왕. 바알을 숭배하고, 여호와의 예언자를 박해하였다.
** 아합의 아내. 왕비가 된 후 바알의 제사장을 끌어들여 숭배를 강요하다가, 여호와의 예언자인 엘리야와의 대결에서 패했다.

주님은 네 모든 것을 빼앗을 것이다. 귀고리와 자줏빛 드레스, 아마 베일, 팔찌와 발찌, 이마에 늘어뜨리는 황금 초승달 장식, 은거울, 타조 깃털로 만든 부채, 키 커 보이게 하는 뒤축 높은 진주 구두, 자랑스러운 다이아몬드, 향기로운 머릿털, 손톱과 발톱에 칠하는 화장품, 너를 나긋나긋하게 보이도록 하는 모든 장식품을 빼앗을 것이다. 간음한 여자를 쳐죽이기에 돌이 모자랄 것이다!"

그녀는 도움을 청하려고 주위를 돌아보았다. 바리새인들은 가식적으로 눈을 내리깔았다. 사두개인들은 총독의 비위를 상하게 할까 두려워 고개를 돌렸다. 안티파스는 죽을상이었다.

목소리는 점점 커져서 천둥처럼 울렸으며, 산들에 부딪혀 메아리로 돌아와서는 벼락치듯 마케루스를 뒤흔들었다.

"바빌론*의 딸아, 먼지 속에 가로누워라! 밀가루라도 빻아라! 허리띠를 풀고, 신발을 벗고, 소매를 걷고, 강을 건너라! 네 수치는 드러날 것이며, 네 치욕도 나타날 것이다. 너무도 흐느낀 나머지 네 이빨은 바스러질 것이다! 영원한 신께서 네 죄악을 용서치 않으시리라! 저주받을 여자야! 저주받을 여자야! 암캐처럼 뒈져버려라!"

덮개가 놓이고 뚜껑문이 다시 닫혔다. 마나에이는 요카난을 목 졸라 죽이고 싶었다.

헤로디아는 사라지고 없었다. 바리새파 사람들은 웅성거렸다. 안티파스는 그 와중에도 변명을 늘어놓느라 열심이었다.

"물론" 하고 엘레아자르가 말했다. "형제의 아내와 결혼할 수는 있

---

* 하느님과 그 백성에 반대하는 모든 제국들의 상징. 「요한의 묵시록」에서 '대바빌론'이라 불리는 로마는 우상숭배와 하느님 백성에 대한 박해 때문에 멸망한다.

습니다. 그러나 헤로디아는 과부가 아니었고, 아이도 하나 있었습니다. 바로 그 점 때문에 비난을 받는 것이지요."

"무슨 소릴 하는 거요, 무슨 소릴!" 사두개파의 요나타스가 반론을 제기했다. "계율에서 이러한 결혼을 죄라고 비난하긴 하지만, 절대적으로 금지하고 있는 것은 아니오."

"그만들 두시오! 다들 나한테만 불공평하구려!" 안티파스가 말했다. "압살롬은 자기 아버지의 부인들과, 유다는 자기 며느리와, 암몬은 자기 누이와*, 롯은 자기 딸들과 잠자리를 같이했잖소."

그때, 자고 있던 아울루스가 다시 모습을 드러냈다. 자초지종을 들은 그는 분봉왕의 편을 들었다. 그따위 어리석은 말에 신경쓸 필요가 없다면서, 사제들의 비난이나 요카난의 격분을 크게 비웃기까지 했다.

현관 앞 층계 한가운데 서 있던 헤로디아가 그를 돌아보며 말했다.

"그 정도가 아닙니다! 요카난은 백성들에게 세금을 내지 말라고 선동하고 있습니다."

"그게 사실입니까?" 세리가 즉시 물었다.

그렇다는 대답이 대다수였고, 분봉왕도 그들의 의견을 뒷받침했다.

비텔리우스는 죄인이 달아날지도 모른다고 생각했다. 게다가 안티파스의 태도도 미심쩍었기에 성문과 성벽, 그리고 안뜰 곳곳에 보초를 세웠다.

그런 다음 비텔리우스는 자기 방으로 향했다. 사제 대표단이 그의

---

* 「사무엘하」 11~14장 참조.

뒤를 따랐다.

어느 쪽이 제사장직을 맡을 것인가 하는 문제는 제쳐둔 채, 그들은 각자의 불평불만을 늘어놓았다.

다들 그에게 들러붙어 귀찮게 했다. 그는 모두 물러가게 했다.

총독의 방에서 나온 요나타스는 성벽 오목한 부분에서 긴 머리에 흰 옷을 입은 에세네파 사내와 이야기를 나누고 있는 안티파스를 보았다. 그 모습에 그는 조금 전 안티파스를 두둔했던 것을 후회했다.

분봉왕으로서는 한 가지 위안이 되는 것이 있었다. 이제 요카난은 자기만의 문제가 아니었다. 로마인들이 책임을 지게 된 것이다. 얼마나 홀가분한가! 그때 성벽 순찰로를 서성대는 파누엘이 보였다.

분봉왕은 그를 불러 세웠다. 그러고 나서 로마 병사들을 가리키며 이렇게 말했다.

"그들은 세상에서 제일 강한 자들이야! 나는 요카난을 풀어줄 수 없어! 어쩔 도리가 없네!"

안마당에는 아무도 없었다. 노예들도 쉬는 중이었다. 지평선이 불타오르는 붉은 하늘을 뒤로하고, 지극히 작은 물건이라도 지상에 서 있는 것은 모두 검게 드러나 보였다. 안티파스의 시야에 사해의 저쪽 끝으로 염전이 뚜렷이 들어왔다. 그러나 아랍군의 막사는 보이지 않았다. 물러간 것일까? 달이 떠오르자, 그의 마음에도 안도감이 찾아들었다.

파누엘은 무슨 상념에 사로잡힌 듯 턱을 가슴에 댄 채 한참을 그대로 있더니, 마침내 이런 말을 털어놓았다.

이달 초부터 그는 페르세우스자리가 중천에 떠 있는 새벽하늘을 줄곧 살펴왔다고 했다. 큰곰자리는 간신히 보이기 시작하는 정도였고,

알골*은 빛이 약해졌으며, 미라-케티**는 사라져버렸다. 이것은 오늘밤 마케루스 성채에서 중요한 인물 한 명이 죽는 점괘라는 것이다.

누굴까? 비텔리우스는 철통같은 경호를 받고 있었다. 요카난이 처형 당할 일도 없을 터였다. '그렇다면 바로 나로구나!' 분봉왕은 생각했다.

아랍군이 되돌아오는 걸까? 총독이 그와 파르티아족의 관계를 눈치 챘을지도 모른다! 예루살렘의 자객들이 사제들 틈에 섞여 들어왔을지 도 모른다. 놈들은 옷 속에 늘 비수를 품고 다니지 않는가. 분봉왕은 파누엘의 점성술을 믿지 않을 수 없었다.

분봉왕은 헤로디아를 증오하고 있었지만 그녀에게 도움을 청해야겠 다고 마음먹었다. 그녀가 그에게 용기를 불어넣어줄 것이다. 예전에 그를 사로잡았던 그녀에 대한 감정이 아직 완전히 메말라버린 것은 아 니었다.

그녀의 방에 들어서자, 넓고 평평한 돌로 만든 수반 위에 계피 향이 피어오르고 있었다. 그리고 분, 향유, 얇고 투명한 옷감들, 깃털보다 가벼운 자수 제품들이 여기저기 흩어져 있었다.

그는 파누엘의 예언에 대해서는 아무 말도 하지 않았다. 유대인들과 아랍인들에 대한 두려움도 내색하지 않았다. 비겁하다며 그녀가 비난 할 것 같아서였다. 그는 로마인들에 관한 얘기만 했다. 비텔리우스가 자기에게 군사작전 계획을 전혀 알려주지 않았다는 둥, 비텔리우스가 자기를 아그리파가 가깝게 지냈던 카이우스의 친구로 여기는 것 같다

---

* 페르세우스자리에서 두번째로 밝은 별.
** 고래자리의 변광성인 미라성을 말한다. 플로베르는 이 별의 정확한 아랍어(혹은 히브 리어) 이름을 알지 못했다.

는 둥, 그래서 자기는 추방되거나 어쩌면 참수될지도 모른다는 둥.

헤로디아는 비웃는 듯하면서도 차분한 태도로 분봉왕을 안심시키려고 노력했다. 드디어 그녀는 작은 함을 열더니 티베리우스 황제의 옆얼굴이 새겨져 있는, 이상한 메달 하나를 꺼냈다. 그것만 있으면 충분히 릭토르들의 기를 죽이고 어떠한 고발도 무력화시킬 수 있다는 것이었다.

안티파스는 고마움에 겨워, 도대체 어떻게 그걸 손에 넣었느냐고 물었다.

"누가 선물로 준 거예요." 그녀가 대답했다.

마주보이는 문에 친 커튼 아래로 맨살을 드러낸 팔 하나가 불쑥 나왔다. 폴리클레이토스*가 상아로 깎아 만든 조각상처럼 젊고 아름다웠다. 약간 어색하긴 했지만 우아하게 그 팔은 벽 옆의 나무의자 위에 두고 간 속옷을 집으려 허공에서 이리저리 헤매고 있었다.

노파 하나가 커튼을 젖히고 나와 살포시 그것을 건네주었다.

분봉왕은 그 팔의 주인을 어디서 본 것 같았지만 또렷이 생각나지 않았다.

"저 아이는 당신 노예요?"

"당신과 상관없는 아이예요." 헤로디아가 대답했다.

---

* 기원전 5세기 후반에 활동한 그리스 조각가.

3

연회장은 손님들로 가득찼다.

로마의 바실리카*와 마찬가지로 연회장에는 세 개의 홀이 있었는데, 꼭대기가 청동 조각으로 장식된 아카시아 기둥이 각 홀의 경계를 이루었다. 그 위에는 격자창이 달린 두 개의 발코니가 붙어 있었고, 필리그란** 기법으로 금세공을 한 세번째 관람석은 저쪽 끝으로 열린 거대한 아치형 통로를 마주보고 불쑥 튀어나와 있었다.

홀을 따라 길게 늘어선 식탁 위에서 타오르는 큰 촛대들이 채색된 점토 잔들, 구리 접시들, 눈처럼 흰 얼음덩어리들, 수북이 쌓인 포도송이들 사이에서 불꽃의 덤불처럼 보였다. 그렇지만 그 붉은 빛깔도 천장의 높이 때문에 조금씩 잦아들어, 어둠 속에서 나뭇가지들 사이로 보이는 밤하늘의 별들처럼 작은 점으로 바뀌어갔다. 넓게 탁 트인 창문 너머 테라스마다 밝혀놓은 횃불들이 보였다. 안티파스가 자신의 친구들과 백성들, 그리고 참석한 모든 사람들을 환영한다는 표시였다.

펠트로 만든 샌들을 신은 노예들은 개처럼 민첩하게 쟁반을 들고 바삐 돌아다녔다.

총독의 식탁은 금도금한 특별석 아래 무화과나무 판자로 만든 단상에 자리잡고 있었다. 바빌론산 융단들이 천막처럼 주변을 둘러쌌다.

그곳에는 상아로 만든 침상이 정면에 하나, 양옆에 두 개, 모두 세 개 놓여 있었는데, 각각의 자리에 비텔리우스와 그의 아들, 안티파스

---

* 고대 로마에서 재판소나 상업 회의소 따위로 사용되었던 직사각형의 집회소.
** 금은세공법의 하나. 금은을 실이나 쌀알 모양으로 만들어 그릇 따위에 붙여 장식한다.

가 앉았다. 총독은 출입구 가까운 왼쪽, 아울루스는 오른쪽, 분봉왕은 가운데였다.

분봉왕이 몸에 걸치고 있는 두툼한 검은색 망토는 여러 가지 색상의 천을 오려 붙이고 꿰맨 탓에 바탕천이 보이지 않을 정도였다. 불거진 광대뼈에는 분을 발랐고, 턱수염은 부채 모양으로 길렀으며, 쪽빛 가루를 뿌린 머리에는 보석을 아로새긴 호화로운 머리띠를 두른 모습이었다. 비텔리우스의 자줏빛 검대는 삼베 토가 위로 비스듬히 늘어져 있었다. 아울루스는 은실로 수놓은 보라색 비단 가운 소매를 등에다 맞대어 묶어놓았다. 나선형으로 말린 그의 머리털은 층이 져 있었고, 여자처럼 살이 많고 하얀 가슴에서는 사파이어 목걸이가 반짝거렸다. 그의 옆에는 미소년 하나가 거적 위에 다리를 꼬고 앉아 줄곧 미소를 짓고 있었다. 그는 부엌에 갔다가 이 소년을 발견했는데, 이제는 그애 없이 지낼 수 없을 지경이 되었다. 소년의 칼데아*식 이름을 외우기 힘들어 그는 아이를 그저 '아시아 소년'이라고 불렀다. 때때로 아울루스는 가로눕는 식탁 위에 누워버렸다. 그러면 일반 연회석 위로 그의 맨발이 불쑥 튀어나오곤 했다.

그쪽에는 사제들과 안티파스의 신하들, 예루살렘 주민들, 그리스 여러 도시의 주요 인사들이 자리잡고 있었다. 총독 아래쪽으로는 마르셀루스와 세리들, 분봉왕의 친구들, 카나나 프톨레마이스나 예리코 같은 도시의 명망가들이 있었다. 그다음은 레바논의 산악 지방 주민들과 헤로데 대왕의 노병들이 뒤죽박죽 섞여 있었다. 트라키아인 열둘, 갈리아

---

* 바빌로니아 남쪽의 옛 지명. 기원전 10세기 무렵부터 셈계의 칼데아인이 정착하여 살았으며, 기원전 7세기에 바빌론을 수도로 신바빌로니아왕국을 세웠다.

인 하나, 게르만인 둘, 영양 사냥꾼들, 에돔의 양치기들, 팔미라의 족장과 에지온게베르의 선원들이었다. 사람들 앞에는 둥글납작하고 물렁물렁한 밀가루 반죽 같은 것이 놓였다. 손가락을 닦기 위한 것이었다. 사람들은 독수리가 목을 내밀듯 팔을 뻗어 올리브, 피스타치오, 아몬드 열매를 집어먹었다. 모두 머리에 화관을 쓰고 웃음꽃을 피웠다.

바리새파 사람들은 화관 쓰는 것이 로마의 추잡한 풍속이라며 예전에는 거부했었다. 또한 신전에서만 사용되는 갈바눔*과 예식용 향을 뿌려주자 그들은 진저리를 쳤다.

아울루스가 그것을 겨드랑이에 바르자, 안티파스는 클레오파트라가 팔레스타인을 탐낸 이유라는 바로 그 진품 방향제가 세 바구니 들어 있는 약제 한 벌을 보내겠다고 약속했다.

조금 전에 도착한 티베리아스 지역의 수비대장이 분봉왕 뒤에 자리 잡고서 무언가 심상치 않은 사건을 보고하려 했다. 그러나 분봉왕은 총독과 옆자리의 사람들이 나누는 이야기에만 온통 정신이 팔려 있었다.

요카난과 그런 부류의 사람들에 대한 이야기였다. 지타의 시몬**은 불로써 죄를 씻는다더라. 예수라는 사람은……

"그들 가운데 가장 골칫거리지요." 엘레아자르가 소리쳤다. "비열한 위선자에 불과합니다!"

그때 분봉왕의 뒤에서 한 사람이 일어났다. 그리스식 군인 망토의 가장자리 장식처럼 얼굴이 창백한 사람이었다. 그는 단상을 내려가더

---

* 미나릿과 식물의 줄기에서 나오는 물질로, 거담제나 방향제로 쓰인다.
** 마술사 시몬, 혹은 시몬 마구스를 말한다. 사마리아 사람인 그는 마법의 능력으로 사람들을 놀라게 했다.

니 바리새파 사람들에게 따져 물었다.

"거짓말입니다! 예수는 수많은 기적을 행하고 있습니다!"

안티파스는 기적에 대한 호기심을 드러냈다.

"자네가 예수를 데려오지 그랬나? 어디, 그에 대한 이야기를 좀더 해보게."

그러자 이름이 야곱이라는 사람이 카파르나움에 갔던 일을 들려주었다. 그는 딸이 병이 들었기에 고쳐주십사 하고 주님께 간절히 빌었다고 한다. 그러자 주님께서는 이렇게 말씀하셨다고 한다. "집으로 돌아가라. 딸은 다 나았느니라!"* 그래서 돌아와보니, 딸이 집 앞에 나와 있더라는 것이었다. 딸은 궁전의 해시계가 세시를 가리킬 때 병상에서 일어났는데, 그 시각은 바로 그가 예수를 만났던 바로 그때였다.

물론 바리새파 사람들이 반론을 폈다. 분명 잘 듣는 치료법이나 효험이 뛰어난 약초는 존재한다고. 이곳 마케루스에서도 병을 퇴치하는 데 탁월한 바라스라는 약초가 발견되곤 한다고. 환자를 만나지도 않고 만지지도 않고 치료한다는 것은 악마의 힘을 빌리지 않고서야 불가능한 일이라고 말이다.

그러자 안티파스의 친구들과 갈릴리의 인사들이 고개를 끄덕이며 맞장구를 쳤다.

"악마의 소행이야, 틀림없어."

야곱은 그들의 식탁과 사제들의 식탁 사이에 선 채 당당하면서도 부드러운 태도로 침묵을 지키고 있었다.

---

* 「마태오의 복음서」 8~9장 참조.

그들은 야곱에게 대답 좀 해보라며 재촉했다. "예수의 능력을 증명해보시오!"

야곱은 어깨를 구부리고 낮은 목소리로 천천히, 자신의 말이 두려운 듯 이렇게 말했다.

"여러분은 그분이 메시아라는 걸 모르시는군요!"

사제들은 서로 얼굴을 쳐다보았다. 비텔리우스는 메시아라는 단어의 뜻을 따져 물었다. 통역관은 그 단어를 설명하기까지 잠시 뜸을 들였다.

유대인들은 그들로 하여금 모든 재산을 향유하고 모든 민족들을 통치할 수 있도록 해줄 해방자를 메시아라고 부른다는 것이었다. 어떤 사람들은 두 명의 메시아를 받들어야 한다는 주장을 내세우기까지 했다. 처음의 메시아는 북방의 악마인 곡과 마곡*에게 패배할 것이지만, 다음에 오는 메시아는 결국 악마들의 왕**을 물리치고 말 것이다. 그래서 수세기 동안 그들은 메시아를 몹시 애타게 기다리고 있다는 것이었다.

사제들이 모여 서로 의논한 후, 엘레아자르가 대표로 말했다.

우선 메시아는 다윗의 자손들 가운데 나오지 목수 따위의 아들은 아니라는 얘기였다. 메시아는 율법을 공고히 해야 할 인물인데, 이 나사렛 사람은 율법을 비방했으며, 더 큰 증거로는 메시아에 앞서 엘리야***가 먼저 나타나야 한다는 것이었다.

---

* 성서와 묵시문학에 등장하며, 이스라엘과 하느님의 적을 지칭하는 이름들이다. 「요한의 묵시록」 20장 참조.
** 사탄의 우두머리인 루시퍼를 말한다.
*** 이스라엘왕국 초기의 예언자. 유대인에게 메시아 재림의 선구자로 간주된다.

그러자 야곱이 대답했다.

"엘리야, 그분은 이미 오셨습니다."

"엘리야! 엘리야!" 연회장 저쪽 끝까지 수많은 사람들이 그 이름을 받아서 되풀이했다.

모든 사람들은 날아가는 까마귀떼 밑에 있는 어떤 노인을, 제단을 불태워버린 번개를, 급류에 내던져진 이단적인 신관神官들을 상상 속에서 그려보았다. 특별석에 앉아 있던 여인들은 사렙다의 과부를 머리에 떠올렸다.*

야곱은 자기가 그분을 안다고 다시 한번 목청껏 외쳤다! 자기가 그분을 보았고 백성들도 이미 보았다는 것이다!

"그분의 이름이 뭐요?"

그러자 그는 있는 힘껏 소리를 질렀다.

"요카난이오!"

안티파스는 가슴 한복판을 세게 얻어맞은 듯 몸을 뒤로 젖혔다. 사두개파 사람들이 야곱에게 덤벼들었다. 엘레아자르는 자기 말을 들으라며 열변을 토했다.

연회장이 다시 조용해지자, 엘레아자르는 옷매무새를 가다듬은 다음 재판관처럼 이런저런 질문을 던졌다.

"예언자는 죽었으므로……"

---

* 엘리야는 바알 숭배 때문에 이스라엘에 큰 가뭄이 들 것이라고 예언하고 아합의 눈을 피해 황야로 숨어 까마귀들이 가져다주는 음식으로 살아간다. 그뒤 사렙다의 한 과부의 집으로 거처를 옮겨 지내다가, 병들어 죽은 과부의 아들을 소생시키고 그 여인의 식량을 늘리는 기적을 보여준다.

사람들이 웅성거리는 소리에 그는 말을 멈추었다. 사람들은 엘리야는 단지 사라졌을 뿐이라고 믿고 있었다.

그와 같은 반응에 엘레아자르는 화를 내고 심문을 계속했다.

"자네는 엘리야가 부활했다고 생각하나?"

"물론이지요." 야곱이 대답했다.

사두개파 사람들이 어깨를 들먹였다. 요나타스는 작은 눈을 동그랗게 뜨고 광대처럼 억지로 웃어 보였다. 육체의 영생불멸을 주장하는 것보다 이치에 닿지 않는 소리는 없다는 것이 그의 지론이었다. 그는 총독에게 바친다면서 당대 유명한 시인의 시 한 구절을 낭송했다.

죽은 후에 육체는 더이상 자라지 않고, 지속되지도 않으리.*

한편 아울루스는 가로눕는 식탁 끝에 기대어 있었다. 이마는 땀으로 젖고 얼굴빛은 창백하며, 두 손으로 배를 움켜쥔 모습이었다.

사두개파 사람들은 걱정스러워 안절부절못했다(그다음날 제사장의 권한이 그들에게 다시 돌아오게 되어 있었던 것이다). 절망에 빠져 어찌할 바를 모르는 안티파스와는 대조적으로, 비텔리우스는 태연히 앉아 있었다. 그렇지만 그도 속으로는 몹시 불안했다. 만약 아들에게 문제가 생기면 그의 행운도 날아가버리기 때문이었다.

아울루스는 음식을 더 먹기 위해 먼저 먹은 음식물을 토해냈다.

---

* Nec crescit, nec post mortem durare videtur. 루크레티우스의 『사물의 본성에 관하여』, 제3권, 337~338행. 하지만 루크레티우스는 이미 오래전인 기원전 50년대에 사망했으므로 '당대'라는 표현은 사실과 다르다.

"대리석 부스러기든 낙소스 섬의 편암이든 바닷물이든, 뭐든지 가져오너라! 한바탕 목욕이라도 하면 좋으련만……"

그는 흰 얼음덩이를 아삭 베물더니, 코마젠식 테린*과 장밋빛 티티새 테린 중 어느 것을 먹을까 고민하다가 결국 꿀 바른 호박을 집어들었다. 그런 그를 '아시아 소년'이 부러운 눈길로 바라보고 있었다. 아울루스의 이 같은 대식 능력이 비범함과 뛰어난 가문의 자손임을 나타내는 증거라고 소년은 생각했다.

황소 고환 요리, 들쥐 요리, 밤꾀꼬리 요리, 포도나무 잎에 싼 다진 요리 등이 나왔다. 그동안에도 사제들은 부활에 대해 논쟁하고 있었다. 플라톤학파인 필론의 제자 암모니우스는 사제들을 멍청이라 단정하고, 신탁 같은 것을 비웃는 그리스 사람들에게 그에 대해 이야기하고 있었다. 마르셀루스와 야곱은 의기투합했다. 마르셀루스가 야곱에게 미트라교** 세례를 받았을 때의 행복감에 대해 이야기하자 야곱은 그에게 예수를 따르라고 부추겼다. 사페트 마을과 비블로스 마을의 특산주인 종려나무 술과 위성류 술이 단지에서 커다란 잔으로, 커다란 잔에서 작은 술잔으로, 작은 술잔에서 목구멍으로 흘러들어갔다. 사람들은 쓸데없이 말수가 많아졌고 속마음을 털어놓기 시작했다. 야킴은 유대인이면서도 점성술을 숭배한다고 공개적으로 말했다. 아카파의 어떤 상인은 히에라폴리스***의 경이로운 신전에 대한 이야기를 자세히 들려주어 유목민들의 감탄을 자아냈다. 유목민들은 그곳을 순례하는 데

---

* 단지에 어류나 육류 등의 재료를 채워 불에 중탕으로 익혔다가 차갑게 한 전채.
** 기원전 3세기경 고대 페르시아에서 일어난, 미트라를 숭배하는 종교.
*** 고대 시리아의 도시. 자연의 여신 아타르가티스를 모시는 중심지였다.

비용이 얼마나 드는지 묻기까지 했다. 그 밖에 자기가 태어난 고장의 종교에 대해서만 고집스레 이야기하는 자도 있었다. 거의 눈이 멀다시피 한 어떤 게르만인은 신들이 얼굴 주위로 환한 빛을 내비치며 나타난다는 스칸디나비아 곳을 찬양하는 노래를 불렀고, 세겜* 사람들은 비둘기 아시마**에 대한 경외심을 이유로 멧비둘기 요리를 거부했다.

많은 사람들이 연회장 중앙에 선 채 이야기를 나누었는데, 그들의 입김과 촛불의 연기가 범벅되어 사방에 안개라도 낀 것 같았다. 그때 파누엘이 성벽을 따라 지나갔다. 그는 막 창공의 별을 살펴보고 오는 길이었는데, 기름 얼룩이 묻을까 두려워 분봉왕 쪽으로 가까이 가지는 않았다. 에세네파 사람들에게 기름 얼룩은 명예를 더럽히고 욕되게 하는 것으로 여겨졌기 때문이다.

성문을 세차게 두드리는 소리가 울려퍼졌다. 요카난이 성에 갇혀 있다는 사실이 알려진 것이다. 횃불을 든 사람들이 샛길을 올라오고 있었다. 좁고 험한 골짜기는 인파로 뒤덮였고, 사람들은 이따금 "요카난! 요카난!" 하고 부르짖었다.

"놈이 모든 걸 엉망으로 만들어놓는군!" 요나타스가 말했다.

"이대로 내버려뒀다간 우리 모두 빈털터리가 되고 말 거요!" 바리새파 사람들이 거들었다.

모두 너나없이 불평을 쏟아부었다.

"우리를 보호해주시오!"

---

* 사마리아에 위치한 신성한 도시. 예루살렘에서 나사렛으로 가는 길에 있다.
** 사마리아인들은 기원전 4세기 아시마라는 이름의 비둘기에게 신의 영광을 바쳤다. 「열왕기하」 17장 참조.

"그자를 처치해주시오!"

"종교를 저버릴 작정입니까!"

"신앙심이라곤 눈곱만큼도 없는 헤로데 가문 같으니라고!"

"당신네들보다는 그래도 낫소!" 안티파스가 대꾸했다. "당신네들 신전을 지어준 사람이 바로 내 아버지요!"

그러자 바리새파 사람들, 추방자들의 아들들, 마타시아스* 당파들은 헤로데 가문의 죄악들을 죽 늘어놓으면서 분봉왕을 비난했다.

그들은 머리통이 뾰족했고 수염은 곤두서 있었으며, 연약해 보이지만 사악한 손을 가졌거나, 납작한 코에 눈은 크고 툭 불거져 마치 불도그 같은 모습이었다. 번제燔祭에서 남은 것들로 먹고사는 사제들의 서기와 하인들 열두어 명이 단상 밑까지 달려와서는 칼을 들이대며 안티파스를 위협했고, 안티파스가 그들에게 일장 연설을 늘어놓는 동안 사두개파 사람들은 마지못해 열의 없이 그의 편을 들었다. 안티파스는 마나에이를 흘긋 보고는, 물러서라는 신호를 보냈다. 마나에이가 나설 일이 아니라고 비텔리우스가 눈짓을 해보였던 것이다.

그때 갑자기 가로눕는 식탁에서 식사를 하던 바리새파 사람들이 미친듯이 날뛰기 시작했다. 그들은 앞에 놓인 접시들을 산산조각냈다. 마이케나스**가 특히 좋아했던 야생 당나귀 스튜가 나왔기 때문이다. 그들에게 그것은 더럽고 불길한 고기였다.

아울루스는 당나귀 대가리를 숭배하는 그들의 태도를 조롱하고, 돼지를 혐오하는 그들의 풍속을 빈정거렸다. 이 살찐 짐승이 그들의 주

---

* 유대교 제사장. 예루살렘 근처 모데인의 지주다.

** 로마의 외교관. 희귀한 음식에 대한 탐닉과 사치스러운 생활로 후대의 비난을 받았다.

신酒神을 잡아먹었기 때문이라는 둥, 신전에서 황금으로 된 포도나무가 발견된 걸 보니 포도주라면 사족을 못 쓰는 모양이라는 둥 하면서.

사제들은 그의 말을 알아듣지 못했다. 갈릴리 태생의 피네아스가 그의 말을 통역하기를 거부했던 것이다. 아울루스는 걷잡을 수 없을 정도로 화가 북받쳤다. 아시아 소년이 겁을 집어먹고 도망쳐버렸기 때문에 더욱더 화가 치솟았다. 게다가 아울루스는 음식이 마음에 들지 않았다. 접시에 담겨 나오는 것들이 형편없이 가공된, 천박한 것들이었던 것이다. 기름기 철철 흐르는 시리아산 암양의 꼬리 요리를 보고 나서야 그의 분노가 가라앉았다.

비텔리우스가 느끼기에, 유대인들은 흉측했다. 그들의 신이 몰로크* 인지도 모른다고 그는 생각했다. 오는 도중에 여러 번 몰로크를 섬기는 제단을 본 터였다. 어린아이들을 희생 제물로 바친다거나, 이상야 릇한 방법으로 살찌운다는 사람의 이야기가 그의 머릿속을 스쳤다. 로마인인 그로서는 그들의 배타성이나 성상 파괴에 대한 열광, 말도 못하게 센 고집 등이 혐오스러웠다. 그래서 총독은 자리를 뜨고 싶었다. 그러나 아울루스는 계속 있으려고 했다.

옷을 엉덩이까지 늘어뜨린 채, 아울루스는 여전히 산더미 같은 음식 뒤에 가로누워 있었다. 더이상 먹지 못할 정도로 배불리 먹었으면서도 한사코 음식 곁을 떠나려 하지 않았다.

백성들은 점점 더 흥분했다. 독립을 위한 갖가지 계획이 그들의 머릿속을 가득 채우고 있었다. 그들은 이스라엘의 영광을 되살리고자 했

---

* 어린아이를 희생 제물로 바쳐 숭배하는 페니키아의 신.

다. 정복자들은 모두 응징을 당하지 않았던가! 안티고노스도 크라수스도 바루스도.

"천박한 놈들 같으니!" 총독이 말했다. 사실 총독은 시리아 말을 알고 있었다. 통역관은 단지 총독에게 대답을 생각할 시간을 주는 역할에 불과했던 것이다.

안티파스는 재빨리 황제의 메달을 꺼냈다. 그러고는 벌벌 떨며 메달을 응시하고는 황제의 얼굴이 새겨진 쪽이 드러나도록 밖으로 내밀었다.

그 순간, 금세공을 한 발코니의 칸막이 문이 열렸다. 휘황찬란한 촛불 빛을 받으며 노예들과 아네모네 꽃줄 장식에 에워싸여 헤로디아가 나타났다. 이마에는 턱을 끈으로 맨 아시리아풍 관을 쓰고 있었다. 삼단 같은 머리는 진홍빛 페플럼 위에 늘어졌다. 옷은 소매를 따라 길쭉하게 패어 있었다. 아트레우스* 가문의 보물지기와 흡사한 두 개의 괴물 석상이 문 옆에 하나씩 앉아 있어서, 그녀의 모습은 마치 사자들을 거느린 키벨레** 여신 같았다. 그녀는 안티파스가 내려다보이는 난간 위에서 커다란 술잔을 들고 외쳤다.

"황제 폐하 만세!"

그러자 비텔리우스, 안티파스 그리고 사제들이 그 말을 받아 다시 외쳤다.

---

* 그리스신화에 나오는 아가멤논의 아버지로, 동생인 티에스테스가 자기 아내와 간통한 일에 분노하여 미케네의 왕이 되자, 동생의 아들들을 죽이고 그 고기를 동생에게 먹였다고 한다.

** 그리스신화에 나오는 소아시아 북부 프리기아의 여신. 생식 능력이 풍부한 대모신(大母神)으로 곡물의 결실을 표상하며 사자와 짐승이 보호하며 따라다닌다고 한다.

그때 연회장 안쪽에서 경탄하며 웅성거리는 소리가 들려왔다. 한 젊은 처녀가 막 들어왔던 것이다.

푸르스름한 베일에 얼굴과 가슴은 가려져 있었지만, 그 안으로 활 모양의 눈썹과 옥수玉髓로 만든 귀고리, 하얀 살결이 비쳤다. 빛의 각도에 따라 색이 변하는 네모난 비단 스카프가 그녀의 어깨를 휘감았고, 허리엔 금은세공을 한 허리띠가 둘려 있었다. 검은색 속옷에는 맨드레이크 무늬가 수놓여 있었다. 그녀는 느릿한 몸짓으로, 벌새의 솜털로 만든 작은 신발을 신고 사각사각 소리를 내며 걸었다.

연단 위에 올라서자 그녀는 베일을 벗었다. 그 모습은 영락없는, 젊었던 시절의 헤로디아였다. 이윽고 그녀는 춤을 추기 시작했다.

플루트와 크로탈라*의 박자에 맞추어 그녀는 한 발씩 움직였다. 둥글게 모은 두 팔이 마치 자꾸 도망치려는 누군가를 부르는 듯했다. 호기심 많은 프시케처럼, 정처 없이 떠도는 영혼처럼 그녀는 나비보다 더 가볍게 춤을 추면서 그 사람을 쫓다가, 이제 막 날아오를 자세를 취하는 것 같았다.

크로탈라 다음으로 징그라스**의 구슬픈 소리가 이어졌다. 희망에 부풀었던 가슴이 절망에 잠겼다. 그녀는 몸짓으로 사랑의 탄식을 표현했는데 신을 애도하는 것인지, 신의 가슴에 안겨 숨을 거두려 하는 것인지 도무지 알 수 없을 정도로 온몸이 번민에 가득찬 모습이었다. 눈을 반쯤 감은 채 몸을 이리저리 비틀고, 넘실거리는 파도처럼 아랫배를

---

* 조개처럼 두 짝으로 벌어진 나무 또는 금속을 한 손에 쥐고 캐스터네츠처럼 연주하는 악기.
** 페니키아의 큰 플루트.

출렁대고, 젖가슴을 파르르 떨며, 얼굴은 미동도 하지 않은 채 쉴새없이 발을 움직였다.

비텔리우스는 그녀가 무언극 배우 므네스테르* 같다고 생각했다. 아울루스는 여전히 토하고 있었다. 분봉왕은 헤로디아를 까맣게 잊은 채 꿈속으로 빠져들었다. 그는 순간적으로 사두개파 사람들 곁에 있는 헤로디아를 본 것 같았다. 그러나 그 환영은 이내 사라져갔다.

그것은 환영이 아니었다. 헤로디아는 딸 살로메를 마케루스 성채에서 멀리 떨어진 곳에서 교육시켜왔다. 분봉왕이 자신의 딸에게 빠져들게 만들려는 의도였다. 그녀의 생각은 옳았다. 이제 헤로디아의 계략대로 될 것이었다.

이윽고 춤은 채워지길 열망하는 사랑의 절정으로 치달았다. 그녀는 인도의 여사제처럼, 폭포 속의 누비아 처녀처럼, 리디아의 바쿠스 신의 여제관女祭官처럼 춤을 추었다. 그녀는 세찬 비바람에 흔들리는 한송이 꽃처럼 온몸을 사방으로 흔들어댔다. 귀에 달린 보석들이 요동치고, 등에 걸친 비단이 영롱하게 반짝였다. 그녀의 팔과 다리와 옷에서는 남자들의 가슴에 불을 지르는, 보이지 않는 섬광들이 튀어나왔다. 하프 소리가 울려퍼지자, 그곳에 모인 많은 사람들이 환호로 화답했다. 그녀는 무릎을 굽히지 않은 채 두 다리를 벌리더니 턱이 바닥에 닿을 정도로 한껏 몸을 구부렸다. 금욕 생활에 익숙한 유목민들도, 방탕한 생활에 정통한 로마 병사들도, 인색한 세리들도, 논쟁으로 성격이 까다로워진 늙은 사제들도 모두 콧구멍을 벌름대며 끓어오르는 욕정

---

* 로마 황제 칼리굴라가 총애한 여배우.

에 헐떡거리고 있었다.

곧이어 그녀는 마녀의 주술용 방추紡錘처럼 안티파스의 식탁 주위를 빙빙 돌았다. 안티파스는 욕정의 고통으로 흐느껴 울다시피 하며 떠듬 떠듬 그녀에게 말했다. "이리 오너라! 이리 오너라!" 그녀는 여전히 빙빙 돌기만 했다. 팀파니가 둥둥거렸고, 사람들은 소리를 질러대기 시작했다. 그러자 분봉왕은 더 크게 고함을 내질렀다. "이리 오너라! 어서 내 곁으로 오너라! 카파르나움을 주겠노라! 티베리아스의 평원도! 내 성채들도! 내 왕국의 절반을 주겠노라!"

그녀는 두 손을 바닥에 짚고 두 발을 허공에 든 채, 커다란 신성갑충神聖甲蟲처럼 단상을 돌아다니다가 갑자기 멈추었다.

그녀의 목덜미와 척추가 직각을 이루었다. 다리를 감싸고 있던 형형색색의 드레스가 무지개처럼 퍼져 그녀의 어깨를 지나 얼굴을 따라 바닥 위 50센티미터까지 흘러내렸다. 입술에는 연지를 발랐고, 새카만 눈썹에 눈동자는 무시무시할 만큼 아름다웠다. 이마에 맺힌 땀방울은 흰 대리석 위로 올라온 수증기 같았다.

그녀는 말이 없었다. 두 사람은 서로를 바라보고 있었다.

발코니에서 손가락 튕기는 소리가 났다. 그녀는 발코니로 올라갔다가 다시 내려와 입을 오물거리면서 천진한 표정으로 말했다.

"저 쟁반에다가, 머리를……" 그녀는 잠시 사람 이름을 잊었으나 금방 생각해내고는 미소를 지으며 덧붙였다. "요카난의 머리를!"

맥이 풀린 분봉왕은 그 자리에 주저앉고 말았다.

이미 약속했으니 돌이킬 수도 없었고, 군중도 기다리고 있었다. 그러나 한편으로는 자신에게 예언된 죽음을 다른 사람이 대신한다면 자기는 죽음을 피할 수 있다는 생각이 들었다. 만약 요카난이 정말 엘리야라면 죽임을 당하지 않을 수 있을 것이다. 그가 엘리야가 아니라면 죽여도 큰 문제가 되지는 않을 터였다.

그의 옆에 있던 마나에이가 분봉왕의 생각을 알아차렸다.

비텔리우스가 마나에이를 불러 암호를 일러주었다. 보초들이 지하 감옥을 지키고 있었기 때문이다.

분봉왕의 마음은 한결 가벼워졌다. 잠시 후면 모든 것이 끝날 것이다!

그러나 마나에이는 일을 처리하는 데 상당한 시간이 걸렸다.

그는 몹시 혼란스러운 표정으로 돌아왔다.

마나에이는 지난 사십 년 동안 사형 집행을 맡아왔다. 그는 아리스토불로스를 물에 빠뜨려 죽였고, 알렉산데르를 목 졸라 죽였고, 마타티아스*를 산 채로 불태워 죽였고, 조시모스, 파푸스, 요셉, 안티파테르**의 목을 잘랐다. 그런데도 요카난은 죽일 수 없었다! 그는 이까지 딱딱거릴 정도로 온몸을 떨었다.

그는 지하 감옥 앞에서 사마리아인들의 대천사를 보았다고 말했다. 온몸이 눈으로 덮인 그 대천사가 불꽃처럼 벌겋고 들쭉날쭉한 칼을 휘두르더라는 것이었다. 그러면서 증인으로 데리고 온 두 병사에게 물어보면 알 것이라고 했다.

하지만 두 병사는 아무것도 보지 못했다고 했다. 다만 어떤 유대인

---

* 유대인 저항 지도자 마타티아스와는 다른 인물로, 헤로데 대왕에 의해 마흔두 명의 예루살렘 주민들과 함께 화형당한 율법학자.
** 헤로데 대왕은 말년에 큰 통증에 시달렸고, 정신적으로나 신체적으로 혼란을 겪었다. 그는 세 번이나 후계자 문제에서 자신의 뜻을 번복하다가, 결국 왕위를 물려주려 했던 맏아들 안티파테르를 살해했다.

지휘관 하나가 자기들에게 덤벼들기에 처치해버렸다고 했다.

화가 머리끝까지 치민 헤로디아는 저속하고 모욕적인 욕설을 쉴새 없이 퍼부었다. 발코니의 격자 살을 움켜쥔 손가락의 손톱이 갈라질 지경이었다. 두 마리 사자상이 그녀의 어깨에 달라붙어 그녀와 함께 사납게 울부짖는 듯했다.

안티파스도 그녀를 따라 울부짖었다. 사제들, 병사들, 바리새파 사람들도 모두 보복을 요구했다. 다른 사람들은 일이 지체되어 재미가 반감되고 있다며 짜증을 냈다.

마나에이가 얼굴을 가리고 밖으로 나갔다.

연회에 초대받은 사람들에게는 이번이 아까보다 한층 더 긴 시간처럼 느껴졌다. 모두 지루해했다.

갑자기 복도에서 발소리가 들렸다. 긴장감이 한껏 고조되었다.

머리가 날라져 왔다. 마나에이는 팔을 뻗어 한쪽 손으로 그 머리칼을 쥔 채 박수갈채를 받으며 의기양양해했다.

그는 그것을 쟁반 위에 얹어 살로메에게 바쳤다.

살로메는 날렵히 발코니로 올라갔다. 잠시 후 한 노파가 그 머리를 분봉왕에게 들고 왔다. 안티파스가 그날 아침 어느 집의 편평한 난간 뜰에서, 그리고 조금 전 헤로디아의 방에서 보았던 그 노파였다.

분봉왕은 그것을 보지 않으려고 뒷걸음질쳤다. 비텔리우스는 무심하게 한 번 힐끗 눈길을 던졌다.

마나에이는 단상에서 내려와 그것을 로마군의 지휘관들에게 보인 다음, 같은 편에서 식사를 하고 있던 모든 사람들에게 일일이 보여주었다.

모두들 그것을 유심히 살펴보았다.

예리한 칼날이 위에서 아래로 내려오며 턱에 상처를 낸 모양이었다. 입언저리는 경련으로 일그러져 있었다. 수염 여기저기에 이미 엉겨 굳은 피가 묻어 있었다. 감긴 눈꺼풀은 조가비처럼 창백했고, 주위에 올린 큰 촛대들이 사방으로 빛을 퍼뜨리고 있었다.

머리가 사제들의 식탁에 도착했다. 바리새파 사람 하나가 호기심에 그 머리를 뒤집었다. 마나에이는 그것을 바로 세워 아울루스 앞에 놓았다. 그 때문에 아울루스는 잠에서 깨어났다. 가늘게 뜬 속눈썹 사이로 요카난의 죽은 눈동자와 아울루스의 흐리멍덩한 눈동자가 무슨 말인가를 서로 주고받는 듯했다.

마지막으로 마나에이는 그것을 안티파스에게 가져갔다. 분봉왕의 뺨으로 눈물이 흘러내렸다.

촛불이 꺼져가고 있었다. 손님들은 떠났고 연회장에는 오직 안티파스만이 양손으로 관자놀이를 감싸고 앉아, 잘린 머리를 하염없이 바라보고 있었다. 그러는 동안 파누엘은 중앙홀 한가운데서 두 팔을 벌린 채 기도문을 중얼거렸다.

다음날 동이 틀 무렵, 앞서 요카난이 보냈던 두 사람이 오랫동안 기다려온 소식을 가지고 돌아왔다.

그들이 소식을 전하자, 파누엘은 몹시 기뻐했다.

그런 다음 파누엘은 성대한 잔치 뒤에 남은 쓰레기 사이로 쟁반 위에 놓인 비통한 물건 하나를 두 사람에게 가리켜 보였다. 그러자 그들 중 하나가 이렇게 말했다.

"슬퍼하지 마시오! 그분은 그리스도께서 오셨다는 소식을 전하기 위해 죽음의 나라로 내려가신 것입니다!"

에세네파 사람 파누엘은 그제야 요카난의 말을 이해하게 되었다.

"그분은 더욱 커지셔야 하고 나는 작아져야 한다."

세 사람은 요카난의 머리를 들고 갈릴리 쪽으로 길을 떠났다.

머리가 무척 무거웠기 때문에, 세 사람은 서로 번갈아가며 들었다.

완벽한 명작, 『세 가지 이야기』

좋아하는 작가나 작품과 관련된 장소는 애독자에게는 한번쯤 가보고 싶은 곳이다. 파리 센 강을 따라 북쪽으로 계속 올라가면 만나게 되는 북부 노르망디의 도시 루앙은 귀스타브 플로베르와 그의 작품들, 특히 『세 가지 이야기』에 관심 있는 독자에게는 그런 도시다. 외과 의사였던 아버지가 근무하던 시립 병원의 사택은 플로베르가 태어난 곳으로, 오늘날 플로베르 박물관이자 중세에서 20세기까지의 의학 역사 박물관으로 보존되고 있다. 플로베르 박물관을 구경하다보면 박제된 앵무새를 만날 수 있는데, 이는 플로베르가 「순박한 마음」을 쓰기 위해 빌려와 책상 위에 놓고 바라보던, 바로 펠리시테의 앵무새 룰루다.

루앙은 빅토르 위고가 일찍이 "수많은 교회 첨탑의 종들이 울리는 도시"로 칭한 바 있을 정도로 많은 성당들이 있는 곳으로도 유명하다.

잔 다르크가 화형당한 성당을 비롯한 그 많은 성당들 중에서도 꼭 방문해야 하는 예술적 가치가 있는 성당을 꼽으라면, 단연 루앙 대성당(루앙 노트르담 대성당)을 들 수 있을 것이다. 사실 루앙 대성당은 인상파 그림을 좋아하는 사람들에게는 상당히 친숙하다. 클로드 모네는 햇빛의 변화에 따라 다른 빛을 띠는 성당의 모습을 서른 장의 화폭에 담아내기도 했다. 또한 이 성당은 플로베르가 작품의 영감을 얻은 곳이기도 하다. 「구호수도사 성 쥘리앵의 전설」의 마지막에 플로베르는 작중 화자의 입을 통해 이 이야기가 "내 고향 성당의 스테인드글라스에 그려져 있는, 구호수도사 성 쥘리앵에 관한 이야기"라고 밝히는데, 실제로 루앙의 대성당에는 그 이야기가 담긴 스테인드글라스가 있다. 「구호수도사 성 쥘리앵의 전설」을 읽은 독자라면 대성당 안에서 성 쥘리앵의 전설을 담은 스테인드글라스를 찾아 왼편에서 오른편으로, 아래서 위로 전개되는 이야기를 따라가보는 것이 성당 구경의 커다란 묘미가 될 것이다. 또한 '세례자 요한의 문'이라 불리는 성당 북쪽 입구 문 위의 부조에서는 세례자 요한의 일생과 함께 「헤로디아」 중 세례자 요한의 참수 이야기도 만날 수 있다.

노르망디 지역의 퐁레베크와 어린 시절 플로베르 자신이 바캉스를 보내던 투르빌 등 노르망디 지역의 곳곳이 「순박한 마음」의 배경이 되는 것을 보면, 「구호수도사 성 쥘리앵의 전설」을 매듭짓는 '내 고향 성당의 이야기'는 결국 『세 가지 이야기』 전체로 확장되는 셈이다. 작가의 전 생애와 노르망디 지역에 새겨진 이야기가 바로 이 『세 가지 이야기』이니 말이다.

사실, '세 가지 이야기Trois contes'라는 제목은 19세기 프랑스의 대문

호 중 하나로 꼽히는 작가의 작품집에 붙이기엔 밋밋한 감이 없지 않다. 얇은 책 한 권에 세 개의 짧은 이야기가 담겨 있음을 말해줄 뿐 어떤 내용을 담은 작품인지 전혀 가늠할 수도 없기 때문이다. 하지만 이 작품은 결코 단순하지 않다. 작가의 말년작답게—플로베르 최후의 작품은 『부바르와 페퀴셰』로 알려져 있지만, 이 작품을 완성시키지 못하고 작가가 세상을 떠났기 때문에 완성작이라는 점에서 『세 가지 이야기』를 그의 마지막 작품으로 꼽기도 한다—작가의 문체와 사상을 축약해놓은 집약본이라고 해도 과언이 아니며, 어린 시절부터 작가의 인생 면면이 아로새겨져 있는 작품이기 때문이다.

「순박한 마음」의 부르주아적 환경과 노르망디의 풍경, 통속적인 세부 묘사에서 느껴지는 플로베르 언어의 서정성과 사실주의적 경향은 『마담 보바리』(1856)를 어렴풋이 떠올리게 하고, 경이로움과 신비주의가 혼합되어 루앙 대성당의 스테인드글라스에 새겨진 전설 속의 이야기로 변모하는 「구호수도사 성 쥘리앵의 전설」은 유혹의 환시, 경이로운 몽환증을 가진 작가 평생의 작품 『성 앙투안의 유혹』(1874)으로부터 분리되어 나온 이야기처럼 느껴진다. 「헤로디아」는 플로베르가 자신의 독서에 근거한 지식들 가운데 특이한 것만을 골라 소재로 취하며 고대의 역사적이고 서사적인 이미지를 담아낸 『살람보』(1862)를 연상시킨다. 이런 점에서 『세 가지 이야기』는 작가로서의 한 생애를 총체적으로 회고하는 작품 모음집의 양상을 띤다고 할 수 있다. 또한 「순박한 마음」은 인간의 내면세계를 다루는 심리분석가로서의 작가를, 「구호수도사 성 쥘리앵의 전설」은 전설과 신비하고 환상적인 것을 좋아하는 작가의 경향을, 「헤로디아」는 역사가이자 고고학자, 화가로서의 면모를 잘 드러내며 이전 작품에서 나타났던 플로베르의 작가적 역량을 총체적으로 보여준다. 집필 순서와는 다르지만—플로베르는 「구호수도사 성 쥘리앵의 전설」, 「순박한 마음」, 「헤로디아」 순으로 집필했다—동시대로부터(「순박한 마음」) 중세(「구호수도사 성 쥘리앵의 전설」)를 거쳐 고대(「헤로디아」)까지, 인류의 역사를 거슬러올라가는 순서로 배치된 이야기들은 동시대 현실의 이야기에서 환상적인 이야기(전설), 그리고 성서 속 이야기에 이르기까지 그 내용에서도 그의 전 작품을 아우르는 다양성을 품고 있다.

이처럼 역사를 관통하는 작가의 통찰력과 섬세한 묘사가 담긴 이 각각의 이야기들은 서로 연관성을 지니고 근대에서 고대까지 전 시대를 아우르며 장편 대하드라마 못지않은 효과를 준다. 각각을 독립적으로 읽을 때와는 달리 각 단편이 통합적인 관점을 만들어내기 때문이다. 이는 발자크나 에밀 졸라의 작품들이 '인간극'이나 '루공마카르'를 통해 하나로 모여 총서를 이루었을 때의 효과와 비슷하다고 할 수 있다. 이렇듯 단편들을 가지고 장편소설 못지않은 작품을 만들고자 한 것은, 작가로서 대작을 꿈꿨던 플로베르가 글쓰기의 어려움에 지쳐 있던 현실에 맞게 선택한 하나의 방법이었을 것이다. 대작이나 긴 소설이 유행하던 당시 문단에서 단편 작품들의 모음을 통해 나름대로 작가로서의 야망을 실현하려 했던 것이다.

이러한 『세 가지 이야기』에 대해 작가이자 편집자로 갈리마르 출판사에서 플로베르의 책들을 담당했던 사뮈엘 드 사시가 "플로베르 예술의 모든 것을 보여주는 작품"이라 평한 것은, 이 작품이 플로베르의 작품 전체에서 차지하는 위상뿐 아니라 작품 자체의 가치를 잘 설명한다.

1. 작품의 탄생

플로베르가 발표한 유일한 단편집인 『세 가지 이야기』는 1869년부터 1876년 사이 어지러운 정국 속에서, 이 시기 플로베르가 감내해야 했던 경제적 난관이나 친했던 문학 동지들과 어머니의 죽음(1872)은 물론 그의 연인이자 뮤즈였던 루이즈 콜레(1875)와 '스승'으로 여겼던 조르주 상드(1876)의 죽음, 신경 발작으로 인한 건강 문제, 『부바르와 페퀴셰』 집필의 어려움 등으로 인해 극도로 지친 작가가 '종이도, 펜도 없이' 쉬러 간 콩카르노에서 「구호수도사 성 쥘리앵의 전설」을 구상하면서 시작되었다.

삶의 여러 가지 상황들로 인해 기진맥진해졌을 뿐 아니라 『부바르와 페퀴셰』를 쓰던 중 자신의 글쓰기 능력에 대해 극심한 회의에 빠져 있던 플로베르가 작가로서 한 문장이라도 쓸 수 있는지 확인하고 싶은 마음에 쓴 「구호수도사 성 쥘리앵의 전설」은 처음부터 약 30페이지 정도의 짧은 분량으로 계획되었는데, 이는 『부바르와 페퀴셰』를 전혀 이해하지 못했던 그의 친구 투르게네프가 1874년 '짧고 가벼운 것'을 써보라고 했던 조언에 응한 것이었다. 「구호수도사 성 쥘리앵의 전설」을 쓰며 스스로도 이것이 불러일으킬 결과가 궁금하다고 했던 플로베르에게 이 작품은 구원이 되고, 그는 이 작품에 이어 「순박한 마음」, 「헤로디아」를 연이어 써낸다.

플로베르는 「구호수도사 성 쥘리앵의 전설」을 1875년 11월부터 1876년 2월까지, 「순박한 마음」을 그해 8월까지, 「헤로디아」를 같은 해 11월에서 1877년 2월 1일까지 집필했는데, '글쓰기의 수도자'로 불릴 만큼 한 작품을 쓰는 데 상당히 많은 시간을 들이는 그가 그토록 짧은 시간에 써냈다는 점에서, 이 작품들은 그의 작가 인생에서 아주 예외적인 작업이라고 할 수 있다.

플로베르가 이 작품들을 그토록 빨리 써내려갈 수 있었던 것은 이 이야기들의 영감의 원천이 그에게 새로운 것이 아니었기 때문이다. 첫 번째로 쓴 「구호수도사 성 쥘리앵의 전설」에 대한 생각은 1840년대로 거슬러올라간다. 플로베르는 루앙의 조각가이자 자신의 중학교 시절 미술 선생님이었던 랑글루아의 책 『스테인드글라스 그림에 대한 역사적이고 묘사적인 에세이』(1832)를 통해 성 쥘리앵의 전설을 접했고, 성 쥘리앵의 스테인드글라스에 특히 매료되어 있었던 랑글루아가 훗날 '친애하는 작가' 플로베르에게 쥘리앵의 삶을 재현한 작품을 선물하기도 하면서 그에게 이 전설은 상당히 친숙한 소재가 되었다. 무엇보다 작품의 마지막에서 화자의 입을 통해 밝히듯, 「구호수도사 성 쥘리앵의 전설」은 작가의 고향인 루앙 대성당의 스테인드글라스에 새겨진 이야기이기도 하다.

하지만 훗날 다시 취해진 이 이야기는 작가의 고향에 있는 대성당 스테인드글라스의 전설에만 머물지 않는다. 그가 평생의 대작 『성 앙투안의 유혹』을 준비하며 읽었던 자크 드 보라진의 『황금빛 전설』과 알프레드 드 모리의 『중세의 성스러운 전설들』이 이 이야기를 더욱 풍요롭게 해주었기 때문이다. 작가는 이 책들 속에서 부모 살해 후 쥘리앵이 어떻게 모든 것을 버리고 걸인이 되는지, 어떻게 문둥이를 먹이고 맞아들이고 잠자리를 함께하고 그의 몸을 따뜻하게 해주는지, 그리고 마침내 문둥이가 자신이 예수임을 드러내는 이유가 무엇인지 등 이야기 전개에 필요한 실마리를 발견했다. 한편 이 작품에는 당시 유행하던 중세 열풍이 담겨 있기도 하다. 19세기 동안 중세 시대는 낭만주의자들을 사로잡아 새롭게 조명받았는데,「구호수도사 성 쥘리앵의 전설」역시 당시 중세의 유행을 반영하고 있는 작품인 셈이다.

두번째로 집필한 「순박한 마음」은 그에게 "글쓰기가 왜 그토록 고통스러운 것이어야만 하는지 물었던 조르주 상드를 기쁘게 하기 위해서" 쓴 것*으로, 작가 자신이 경험한 과거의 조각들이 기억과 글쓰기의 과정에서 풍부해진 작품이라 할 수 있다. 처음 플로베르가 이 작품을 구상할 때 초고의 제목은 '순박한 마음'이 아닌 '앵무새Le Perroquet'였고, 이 제목이 암시하듯 주인공 펠리시테의 앵무새에 대한 페티시즘과 그 페티시즘의 신비스러운 변모가 이야기의 중심 테마였다. 첫 부분에서는 펠리시테와 앵무새를 소개하고, 중간 부분에서는 작은 다락방에서의 펠리시테의 삶과 앵무새의 죽음을 이야기하며, 마지막 부분에서는 박제된 앵무새와 성체축일 제단의 신비로움 그리고 앵무새의 성령으로의 변모가 이어지는 이 이야기에서, 성체축일에 제대를 꾸미는 장면과 펠리시테의 죽음은 그 중심에 놓여 있었다. 그러나 플로베르는 이 중심 테마에 자신의 유년 시절의 기억들을 덧붙여 이 작품을 「순박한 마음」으로 완성시킨다. 작품의 첫 페이지를 끝내고 쓴 편지에 의하면 자료 조사차 방문한 퐁레베크와 옹플뢰르에서 그는 과거의 기억들이 떠오르는 것을 피할 수 없었고**, 그 기억들이 사실성을 부여하며 작품 속에 자리한 것이다.

---

* 1877년 8월 29일 조르주 상드의 아들 모리스 상드에게 쓴 편지.
** 1876년 3월 18일 마담 로제 데 주네트에게 보낸 편지.

낭만주의, 사실주의 그리고 상징주의에 이르기까지의 문예사조를 특별히 거론하지 않더라도, 19세기 문학의 가장 큰 특징은 현실을 재현하기를 원했다는 점이다. 사실적인 효과를 주기 위해 플로베르는 현실과 허구가 뒤섞인 요소들을 사용하는데 이는 장소나 인물, 사건들을 실제와 관계된 것으로 받아들이게 하기 위해서다. 이를 위해「순박한 마음」에서 가장 먼저 한 일은 자신의 기억 속 장소와 인물들을 작품에 등장시키는 것이었다. 이야기의 배경이 되는 퐁레베크는 어머니의 고향이며, 옹플뢰르의 우르슐라 수녀원은 비르지니와 오뱅 부인이 그랬듯 그의 어머니가 자주 왕래했던 곳이었다. 신경병에 걸린 비르지니가 의사의 권고로 해수욕을 하러 가는 투르빌은 작가의 가족이 바캉스를 보내던 휴양지였고, 투크와 제포스의 농가들은 어머니의 소유지였다. 앵무새를 박제하러 퐁레베크에서 옹플뢰르로 가다가 펠리시테가 마부의 채찍에 맞는 사고를 당하는 길은, 작가가 처음으로 신경 발작을 경험했던 곳이기도 하다. 1850년대 이후 구체제의 몰락과 산업화로 사회가 민주화되면서 민중 계급은 새로운 관심의 대상이 되어 예술과 문학에 점점 더 많이 등장하게 되는데, 당시의 이러한 분위기를 반영한 듯 작품의 주인공으로 등장하는 '하녀' 펠리시테에게는 플로베르가 네 살 때 그의 집안에 들어와 그가 사망할 때까지 함께 지낸 늙은 하녀 쥘리와 플로베르의 친구 피에르 바르베의 집 하녀 레오니가 투영되어 있다. 오뱅 부인은 플로베르의 먼 친척이었고, 폴과 비르지니는 어린 시절의 플로베르 자신과 그의 누이 카롤린의 모습을 암시한다. 룰루조차 작품을 위해 창조한 앵무새가 아니었다. 친구 바르베의 가족들은 실제로 앵무새를 소유하고 있었으며, 룰루라는 이름은 플로베르가 사랑하는 조카 카롤린을 부르는 애칭이었다.

유년 시절의 기억을 작품 곳곳에 배치하는 방식 이외에도 플로베르는 실제와 허구를 적절히 사용한 묘사를 통해 '사실적 효과'를 잘 살린다. 이를 위한 플로베르의 방식은 섬세하다. 예를 들어 점점 정신을 잃어가는 그녀가 가져다놓은 성물들과 다양한 물건들로 인해 그녀의 방은 작은 성당과 시장의 분위기를 동시에 지닌다. 이는 그녀의 정신세계를 반영하는 근거가 되기도 하는데, 소소한 잡동사니 하나하나를 표현하는 데도 실제와 허구가 뒤섞인 요소들을 효과적으로 사용함으로써 플로베르는 객관적이고 담담한 묘사에 깃든 자신만의 사실주의 미학을 잘 보여준다.

성서의 인물들에 근간을 두고 쓴 마지막 이야기 「헤로디아」는 플로베르가 우연히 구상하게 된 작품이다. 1876년 3월과 4월, 「순박한 마음」을 준비하기 위해 자료 조사차 노르망디 지방에 머무르던 플로베르는 옹플뢰르에서 퐁레베크까지 가는 삯마차 안에서 작업 노트를 만들던 중 『성 앙투안의 유혹』을 위해 1871년에서 1872년까지 작성했던 메모들을 우연히 다시금 들춰보는데 그중에서도 인간의 욕망, 그리고 그 욕망으로 인한 '죽음'이 야기하는 에로틱함과 참혹함이 공존하는 살로메와 세례자 요한의 이야기에 특히나 매료되었던 것이다.

플로베르의 오랜 친구인 막심 뒤 캉은 '헤로디아'의 주제 역시 상당히 오랫동안 플로베르를 사로잡고 있던 주제였다고 언급했다. 앞서 이야기한 것처럼, 작가의 고향에 있는 루앙 대성당 북쪽 문 상단의 부조가 헤로데의 연회와 세례자 요한의 참수 그리고 춤추는 살로메를 표현하고 있기 때문이다. 이 작품에서 플로베르가 특히 관심을 둔 부분은 관료로서 헤로데의 가혹한 면모와 헤로디아의 성격, 그리고 작품 전체를 지배하는 다양한 인종의 대립과 욕망이 만들어내는 인류의 문제였다. 이는 왜 이 작품의 제목이 '세례자 요한'도 '살로메'도 아닌 '헤로디아'인지를 잘 설명해준다.

사실, 당시 프랑스 문화 예술계에서 '헤로디아'의 테마는 참신한 것으로 여러 예술 장르에 등장했다. 스테판 말라르메는 1887년 「헤로디아드」를 발표했으며, 상징주의 화가 귀스타브 모로 역시 1876년 살롱전에 「헤로데 앞에서 춤추는 살로메」와 「등장」을 출품했다. 이는 에로티시즘과 죽음의 주제가 혼합되어 있는 살로메의 비극적 이야기가 당시 작가와 화가들의 영감을 사로잡았음을 말해준다.

플로베르는 1871년 말라르메가 일부 발표한 「헤로디아드」를 읽었고, 「헤로디아」를 쓰기 몇 달 전 방문한 1876년 살롱전에서 모로의 그림도 보았는데, 특히 모로의 그림은 이 작품에 대해 어느 정도 구상을 잡아두었던 그에게 상당한 영향을 준 것으로 보인다. 이야기의 마지막에서 제자들이 세례자 요한의 머리를 들고 광야로 나가는 시간을 해가 뜨는 때, 즉 동이 틀 무렵으로 설정한 것은 모로가 그림에서 세례자 요한의 잘린 머리를 '빛나게' 형상화한 것과 연결지을 수 있다. 실제로 「헤로디아」의 초고에는 "남겨진 그 머리가 태양과 혼동되고, 머리는 태양의 원반을 숨기고 있었다" 그리고 "그 빛이 떠난다"는 표현들이 남아 있는데, 이는 플로베르가 귀스타브 모로의 「등장」을 묘사한 흔적이라 할 수 있다.

2. 욕망하는 삶의 이야기

『세 가지 이야기』는 작가가 살던 동시대와, 찬란한 기독교의 시기인 중세, 그리고 이교도의 시기인 고대라는 시대적 배경 속에서 욕망으로 인해 고통받는 삶을 살아야 했던 인물들의 이야기다. 「순박한 마음」은 편협하고 이기적인 한 부르주아 가정의 하녀로 평생을 산 노르망디 여인 펠리시테의 어두운 초상으로, 첫사랑의 배신에 이어 조카 빅토르와 주인마님의 딸 비르지니, 주인마님, 그녀가 돌보는 노인 그리고 앵무새까지, 사랑하는 대상과의 이별을 겪어내야 하는 그녀의 고통스럽고 슬픈 일생을 보여준다.

「구호수도사 성 쥘리앵의 전설」은 신앙심이 두텁게 자리잡은 성城과 사냥터인 숲을 주요 무대로, 과도하게 사냥에 몰두하다가 비운의 삶을 살게 되는 한 남자의 이야기다. 요람 속 아기였을 때 그의 부모가 듣는 "앞으로 성인聖人이 될 것"이라는 예언과 "많은 피!…… 무한한 영광!……"이라는 예언은, 신나서 잔혹하게 사냥을 하던 쥘리앵이 그의 화살에 죽어가며 포효하던 수사슴으로부터 듣게 되는 부모 살해의 저주와 함께 이야기를 이끌어가는 핵심 축으로 작용한다. 부모를 살해하게 될지도 모른다는 두려움으로 사냥을 피하지만, 그럼에도 불구하고 의도하지 않은 실수로 어머니와 아버지를 죽일 뻔한 쥘리앵은 사슴의 저주를 피하기 위해 부모의 성을 떠나 사냥의 욕망을 억누르며 지낸다. 하지만 유혹을 참아내지 못하고 사냥을 나갔던 어느 날, 마음처럼 사냥이 되지 않아 한껏 약이 올라 집으로 돌아온 그는 오해로 인해 마침내 자신을 찾아와 잠들어 있던 부모를 살해하고 만다. 이야기의 중심에 있는 부모 살해는 쥘리앵의 삶을 송두리째 바꿔놓는데, 죄의식에서 벗어나지 못하고 고통스러워하는 그의 모습은 우리 삶이 지니는 욕망의 무게를 보여준다.

성서의 인물들을 중심으로 하는 세번째 이야기 「헤로디아」는 유대인에 대한 증오, 부패와 탐욕, 음란함과 잔혹함이 만연한 유대 지역의 마케루스 성채 안에서 벌어지는 이야기다. 로마인들과 근동 사람들의 낯선 이름, 예상치 못했던 인물들이 충돌하고 서로 뒤섞이는 북적거림 가운데 우리가 마주하게 되는 것은 요카난(세례자 요한)에 대한 헤로디아의 두려움과, 욕망 실현을 위해 그를 죽이고자 하는 그녀의 잔인한 바람이 어떻게 이루어지는가 하는 것이다. 요카난에 대한 헤로디아의 두려움은 그녀가 가지고 있던 권력에의 욕망, 즉 제국주의자로서의 정치적 야망에 기인한다. 요카난이 근친상간을 향해 퍼붓는 비난과 저주에 헤로데 안티파스가 자신을 버리지 않을까 하는 불안함을 떨칠 수 없었던 헤로디아는 요카난의 죽음이라는 소기의 목적을 달성하기 위해 성채 밖에 숨겨놓았던 자신의 딸 살로메를 불러들여 순진무구한 매춘부의 모습으로 헤로데의 욕망을 자극하고, 이를 빌미로 살로메는 헤로데에게 쟁반에 놓인 요카난의 머리를 요구한다. 이처럼 요카난이 인간들의 탐욕스러운 욕망과 두려움의 희생 제물이 되는 과정이 「헤로디아」의 대략적인 이야기다.

인류 욕망의 문제가 고스란히 담겨 있는 「헤로디아」의 연회 장면은, 「구호수도사 성 쥘리앵의 전설」 속 살육을 좋아하는 쥘리앵의 면모나 사냥 장면의 묘사에서 그랬던 것처럼 특히나 인물들의 대화가 적은 이 작품에서 플로베르다운 묘사의 극치를 보여준다. 헤로디아의 정치적 욕망과 살로메에 대한 헤로데의 육체적 욕망, 그리고 욕망하는 인간의 다양한 면모들을 풍자하는 연회 장면에서 '먹고 마시기'와 관련된 주제는 도달할 수 없는 것에 대한 인류의 무한한 갈망의 우회적 표현이다. 거대한 식탁에서 굶주린 듯 음식에 달려드는 인물들이나 구토를 미처 다 끝내기도 전에 또 먹으려고 하는 아울루스의 모습은 결코 채워질 수 없는 것을 끊임없이 갈망하는 인류의 어리석은 몸부림처럼 보이기까지 한다. 술이 들어가자 연회장의 사람들이 떠벌려대며 본심을 드러내는 것, 그리고 서로가 서로의 말을 이해하지 못하는 것은 아울루스가 반복하고 있는 '먹고 토하기'의 또다른 변주로, 플로베르가 생각하는 욕망 가득한 인간 세상의 모습인 셈이다.

3. 신비로운 죽음: 경이로운 이야기에서 성스러운 이야기로

사냥으로 대변되는 욕망과의 싸움에 결국 무릎꿇고 부모를 살해하고 마는 비극적 인생의 이야기 「구호수도사 성 쥘리앵의 전설」 옆에 사랑하는 대상들을 잃는 고통스러운 삶을 살아내는 펠리시테의 이야기 「순박한 마음」과 탐욕스러운 인간의 욕망 앞에서 분노하다가 죽음을 맞이하는 요카난의 이야기 「헤로디아」를 나란히 세우면서, 플로베르는 인물들 각자의 삶의 양상들을 보여줄 뿐 특별한 의미를 부각시키며 작품을 마무리하지 않는다. 단지 비극적인 운명을 가진 인물들의 삶과 함께 그들이 맞이하는 죽음의 순간을 드러낼 뿐이다. 하지만 욕망하는 세계와 욕망이 좌절되는 세계 사이에서 지난한 삶을 살아낸 인물들이 마침내 맞이하는 죽음은 특별하다. 신비스러운, 혹은 환상적인 분위기 속에서 받아들이는 경이로운 죽음이기 때문이다.

펠리시테가 세상을 떠나는 날은 성체축일로 그녀의 임종은 창문 아래로부터 성가대의 노래가 울려퍼지는 가운데, 대축일 예식을 위해 모두가 무릎을 꿇고 있는 경건함 속에서 이루어진다. 이처럼 종교 행렬은 펠리시테의 죽음을 한층 더 경건하고 신비롭게 만들어준다. 공중으로 높이 솟아 펠리시테의 방까지 올라온 향은 그녀의 모든 감각을 일깨우며 신비로운 쾌감을 불러일으키는데, 이 쾌감은 펠리시테로 하여금 죽음의 고통을 잊게 할 뿐 아니라 얼굴에 미소까지 머금고 편안하고 행복하게 눈감을 수 있도록 해주는 천상의 행복의 신호탄이다.

과연 제대에 봉헌될 수 있을지 의심스러울 정도로 손상된 앵무새가 봉헌되고 커다란 모습이 되어 자신의 머리 위로 날아오르는 것을 '보았다고 믿으며' 임종을 맞이하는 펠리시테의 마지막 순간은 곧 앵무새에게서 성령으로서의 신을 느껴왔던 그녀의 믿음이 실현되는 순간이다. 성당에서 늘 바라보던 성령상이 앵무새와 닮았다고 생각했던 펠리시테는 자신의 방에 놓은 박제된 앵무새에게서 성령의 존재를 느끼며 그 앞에서 언제나 무릎을 꿇고 기도했다. 이런 그녀가 자신과 늘 함께였던 앵무새가 '커다란 앵무새'가 되어 하늘로 올라가는 것을 '보았다고 믿는 것'은 마침내 믿어왔던 신과 함께 그 자신 또한 하늘로 올라가며, 동시에 고통스럽고 상처 많았던 삶에서 해방되어 마침내 자유로워짐을 의미한다. 그렇기에 펠리시테가 하늘로 들어올려지는 이 순간은 완전한 행복, 황홀경의 순간과 다르지 않다.

부모 살해라는 엄청난 죄를 지은 쥘리앵의 죽음 역시 경이롭다. 나

롯배의 마지막 손님이 되는 문둥이를 온몸으로 끌어안는 동시에 쥘리앵 역시 신비로운 황홀경을 경험하며, 예수로 변모한 문둥이에 의해 천상으로 인도되는 '구원'의 죽음을 맞이하기 때문이다. 문둥이-예수가 쥘리앵을 껴안고 창공으로 날아올라 푸른 하늘로 올라가는 순간은 평생 자신을 옭아매던 운명의 굴레에서 마침내 벗어나는 순간이자, 그의 '핏빛 삶'이 마침내 '성인'이라는 '무한한 영광'의 삶으로 바뀌는 운명적 순간이다. 고통스러웠던 '과거'의 삶이 끝나고 마침내 구원되어 성인으로서의 새 삶이 시작되는 성스러운 순간 말이다.

쟁반 위에 놓인 잘린 머리로 형상화되는 요카난의 그로테스크한 죽음에서도 경이로움과 성스러움은 발견된다. 요카난의 참수를 명받은 능수능란한 사형집행인 마나에이가 그의 감옥 앞에서 사마리아의 대천사를 보았다고 부들부들 떨며 그를 죽일 수 없다고 한 것이나 참수된 머리가 앞에 놓이자 비로소 아울루스가 잠에서 깨어나는 것, 헤로데 안티파스가 자신 앞에 다시 놓인 그 머리를 보며 눈물을 흘리고 손님들이 떠난 텅 빈 연회장에서 양손으로 관자놀이를 감싼 채 요카난의 잘린 머리를 하염없이 바라보는 모습은 그의 죽음이 가진 이면의 의미를 다시금 생각하게 한다.

"슬퍼하지 마시오! 그분은 그리스도께서 오셨다는 소식을 전하기 위해 죽음의 나라로 내려가신 것입니다!" 성대한 잔치가 끝난 뒤 남은 쓰레기 사이, 쟁반 위에 놓인 참담한 요카난의 머리 앞에서, 요카난이 파견했던 두 명의 제자 중 한 명은 이러한 말로 그의 죽음의 의미를 선포한다. 훗날 유대교의 일파로 기독교의 기원이 되었다고 전하는 에세네파인은 이를 통해 "그분은 더욱 커지셔야 하고 나는 작아져야 한다"

는 요카난의 말을 마침내 이해하고, 이로써 요카난은 '세례자 요한'이라는 예언자로서의 이름을 되찾는다. 그렇기에 동이 틀 무렵, 요카난이 오랫동안 기다리던 대답을 가지고 온 두 제자와 함께 '무척 무거운' 그의 잘린 머리를 '번갈아' 들며 갈릴리 지방을 향해 나아가는 그의 행보에는 메시아의 도래, 새 시대에 대한 희망이 담겨 있다. 그리고 탐욕스러운 헤로디아의 증오로 야기된 요카난의 죽음은 새롭게 오실 '그분'을 위해 기꺼이 '자신이 작아지는' 거룩한 희생이자, 신이 '말씀logos'으로 존재하던 성부聖父의 시대에 메시아와 새로운 시대의 도래를 위한 예언자의 순교로 변모한다.

이렇듯 신비로운 분위기 속에서 이루어지는 인물들의 죽음은 비록 그로테스크하지만 거대한 앵무새(성령)와 문둥이-예수(성자), 말씀의 시대인 구약 시대에 참수당한 예언자의 예언(성부)이 각각 구현하는 초월적인 존재인 신(하느님)과의 만남을 통해 '경이로운' 죽음을 넘어 '성스러운' 죽음으로 전환되는 것이다.

4. 『세 가지 이야기』의 통일성

작가 스스로 '세상을 밝힐 작품'이라 생각할 정도로 스스로 만족했던 『세 가지 이야기』는 출판과 동시에 비평계의 호평을 받았다. 훗날 미셸 투르니에는 플로베르의 이전 작품들의 중요성과 작가로서 그의 야망을 생각할 때 이 얇은 책이 종종 그의 대표작으로, 심지어 그의 유일한 성공작으로 꼽히는 것은 부당할지도 모른다고 언급한 바 있지만,

그럼에도 불구하고 『세 가지 이야기』는 그의 대표작이라 불려도 전혀 손색이 없다. 이는 테오필 고티에가 다음 서평에서 이야기하듯, 작가적 재능이 모든 차원에서 조화를 이루며 작가의 생애와 글쓰기의 신념이 담긴, 그의 말년작다운 작품이기 때문이다.

우리는 '세 가지 이야기'라는 제목을 가진 이 짧은 이야기들의 모음집에 대해 생각할 때 자신도 모르게 베토벤 또한 겸손하게 〈세 개의 소나타〉라는 표제를 붙인 경우를 떠올리게 된다. 이 곡들에서 베토벤의 영감은 웅장한 심포니들에서 그랬던 것만큼 위력적으로 펼쳐진다. 그는 자신의 타고난 재능으로 피아노라는 악기가 지닌 제한적인 역량을 넘어서며 주선율을 발전시키고 증폭시키는데, 그 주제가 너무나 충실해서 몇 분 듣다보면 귀는 그의 가장 위대한 오케스트라의 연주를 듣는 인상을 갖게 된다. 귀스타브 플로베르의 새로운 책은 우리 안에서 이와 동일한 감각 작용을 일깨웠고, 자신의 재능을 절대적으로 다룰 줄 아는 대가인 작가는 그 재능이 모든 차원에서 조화를 이룰 수 있음을 보여준다. (테오필 샤를 마리 고티에, 1877년 5월 15일, 「질서 *L'Ordre*」)

이러한 그의 극찬은 각각의 독립적인 텍스트로 존재하는 짧은 이야기들이 한 권의 책으로 묶이면서 세 개의 이야기가 '하나'를 이룰 때 더욱 확연해진다. 실제로 서로 다른 시대, 서로 다른 공간의 세 인물에 대한 세 개의 이야기가 한 권으로 묶이면서 이 작품에는 통일성이 형성된다. 첫번째 통일성은 책 제목이 규정하듯 '콩트 conte' 즉 짧은 이야기라는 형식의 통일성이다. 두번째는 성스러움을 이해하지 못하는 세계와 이에 반하는 인물들의 삶과 죽음을 통해 '성스러움'에 대해 이야기한다는 테마의 통일성이다.

1) '콩트'라는 형식의 통일성

'콩트'라는 어휘가 그 형식을 규정하듯 플로베르의 『세 가지 이야기』는 이미 제목에서 그 장르의 통일성을 갖는다.

19세기는 짧은 이야기 또한 유행하던 시기였음에도 불구하고, 긴 소설이 아닌 짧은 이야기라는 양식을 선택한 것에 대해 일부 비평가들은 작가의 창의성과 역량의 소진을 의미하는 것이라 비난하기도 했다. 실제로 플로베르의 이 작품을 놓고 비평가 페르디낭 브뤼느티에르는 다른 작가들이 본격적인 이야기를 시작하는 분량에서 그쳐버리는 이 작품에 대한 비평가들의 호평을 잘못된 것이라 비난하며 작가의 창작력이 고갈되었음을 주장한 바 있다. 하지만 플로베르는 짧은 이야기의 형식을 내용과 잘 조화시키며 오히려 노년기 작가의 원숙한 역량을 확인시켜준다.

짧은 이야기를 쓰면서 플로베르는 자신이 쓰고 있는 짧은 작품들을 콩트로 지칭하기도 하고, 누벨nouvelle로 언급하기도 했다. 오늘날 비평가들은 콩트를 "옛날 옛날에……"로 시작되는 많은 이야기들이 그랬듯 먼 과거의 이야기, 성과 숲을 주요 배경으로 하며 경이로운 반전을 갖는 교훈적인 짧은 이야기로, 또한 누벨은 작품 속에 등장하는 화자에 의해 이야기되는 사실적이고 있음직한 짧은 이야기, 그 구성이 간단하지만 역시 놀라운 반전의 결말을 가지는 이야기로 이해하며,

『세 가지 이야기』를 콩트인「구호수도사 성 쥘리앵의 전설」과 동시대의 (사실적인) 이야기인 누벨「순박한 마음」, 그리고 역사적 이야기인「헤로디아」로 구분하기도 한다. 하지만 이렇듯 짧은 이야기를 '누벨'과 '콩트'로 구별하기 시작한 것은 20세기에 들어서이고, 플로베르 스스로가 자신의 짧은 이야기를 콩트와 누벨, 둘 다로 지칭한 사실이 보여주듯이 19세기 당시 콩트와 누벨은 거의 동의어처럼 사용되었다.

19세기에 사람들이 '짧은 이야기'를 지칭하기 위해 '콩트'라는 용어를 그토록 자주 쓴 것은, 콩트가 환상적인 이야기나 누벨, 그리고 전설 등을 모두 아우르는 것이었기 때문이다. 환상문학을 위한 장르인 콩트는 클라이맥스에서 예상 밖의 반전을 보여주는 다양한 장르의 짧은 이야기들을 포괄할 수 있는 양식이었기에, 서로 다른 시대와 공간의 세 이야기를 쓰고자 한 플로베르에게 가장 적합했을 것이다. 또한 기상천외한 발상을 바탕으로 풍자와 기지가 풍부하며 그 간결함으로 인해 소설보다 훨씬 더 극적인 효과를 높일 수 있다는 미학적 장점과 함께, 그림 형제나 샤를 페로의 콩트들이 그렇듯 상징적이고 우의적이며 교훈적인 이야기로 마무리되는 경우가 대부분이라는 점 또한 콩트가 이 작품에 적합한 이유다. 이러한 특징은 죽음의 순간 인물들에게 동시대 세속의 성녀 펠리시테, 중세의 성 쥘리앵 그리고 구약 시대의 세례자 요한이라는 성인성聖人性을 부여하기에 효과적이었을 것이다. 시간과 장소의 모호함과 이야기에 담긴 교훈성 덕분에 17세기에 특히 유행했던 콩트는 보편적이고 영원한 가치를 지니며 계속 존재해왔다. 1874년 플로베르가 짧고 가벼운 이야기를 써보라고 조언했던 투르게네프에게 "가볍지만 간결한 방식의 다소 정신적인 판타지", "전혀 있음직하지 않은 이야기지만 그 전개를 따라가다보면 그 이야기를 믿게 될 것 같은 그런 이야기" 그리고 "사람들이 진지하면서도 놀라운 어떤 일을 해내는 그런 이야기"를 쓰고 있다며 「구호수도사 성 쥘리앵의 전설」의 집필 의도를 밝혔듯이, 콩트는 이런 작가적 의도를 환상성과 교훈성을 가진 이야기들에 적합한 장르였던 것이다.

19세기에 '짧은 이야기'가 새로운 황금기를 맞을 수 있었던 것은 신문의 비약적인 발전과도 관계가 있다. 신문의 한 면을 채우는 차원에서 짧은 이야기는 연재소설과 함께 신문의 판형과 정기성에 알맞았고, 그 수요도 지속적으로 증가하고 있었다. 또한 이러한 경향으로 작가들은 고정적인 수입을 얻을 수 있을 뿐 아니라 독자들의 취향과 생각을 파악하며 글을 쓸 수 있다는 이점도 갖게 되었다.

하지만 플로베르의 '짧은 이야기'는 이러한 유행을 따르기보다 개인적인 범주의 것이라는 점에서 예외적이다. 무엇보다 플로베르는 신문에 팔기 위해 짧은 이야기를 쓴 것이 아니라—출판 전, 신문에 각각의 이야기들을 먼저 발표하기는 했다—극도로 지쳐 있던 상태에서 단지 작가로서 자신의 글쓰기 능력을 확인하기 위해 가벼운 것을 시도해볼 요량으로 썼기 때문이다. 당시 신문과 잡지에 실린 짧은 이야기들이 나중에 한 편씩 따로 출판되던 것과 달리, 처음 시작한 단편으로 다른 두 이야기의 영감을 떠올리면서 세 개의 단편을 한 권의 모음집으로 묶겠다는 의도를 가지고 세 편의 짧은 이야기를 완성하여 출판했다는 것도 그의 콩트가 여타의 짧은 이야기들과 다른 점이다. 일반적으로 짧은 이야기는 종종 3인칭 시점으로 이루어진다거나, 화자가 훨씬 더 자주 등장하여 이야기 안에서 독자와 대화하곤 하는 반면, 플로베르

콩트의 경우 화자가 사라지고 이야기에 개입하지 않는다는 점 또한 그의 짧은 이야기가 가진 큰 특징이다.

2) '성스러운' 이야기라는 테마의 통일성

비록 그로테스크한 모습이지만 각각의 인물들이 죽음의 순간 성령, 성자, 성부로 상징되는 신을 만나는 양상은 세 이야기에 테마의 통일성을 부여한다. 동시대에서 중세의 전설을 거쳐 고대의 성서적 신화에 이르기까지, 초현실적인 요소를 포함하는 전설과 성서에 바탕을 둔 이야기는 현실과 종교성을 이어주는 가교 역할을 할 뿐만 아니라 작품과 종교의 중간에서 신앙의 관습을 합법화하는 토대가 되기에 『세 가지 이야기』에 내재된 성스러움과 종교성의 형상화는 책 전체의 구조 속에서 더욱 분명해진다. 또한 이야기 끝에서 인물들에게 부여되는 성스러움 또한 책의 전체적인 구조 속에서 더욱 깊어지는데, 이는 작품에 담긴 '성스러움' 즉 종교성의 의미가 각각의 형식과 문체, 내용의 연관성과 함께 세 작품이 만드는 전체의 구조 안에서 더욱 명확해지기 때문이다.

무엇보다 서로 다른 시대를 사는 세 인물이 죽음의 순간 만나는 앵무새와 문둥이와 말씀이 삼위일체인 하느님의 세 위격인 성령, 성자, 성부를 구성한다는 점에서 『세 가지 이야기』는 성삼위를 구현하는 작품이라 할 수 있다. 기독교에서는 성부, 성자, 성령이라는 삼위의 신성한 존재들이 모이면 '완전한 하나'가 된다고 생각했고, 그러하기에 전통적으로 '3'은 가장 완벽한 숫자로 여겨져 왔다. 성부, 성자, 성령으로 형상화되는 삼위일체의 신이 하나의 신으로서 완전한 절대자가 되는 것도 이런

까닭이다. 따라서 플로베르가 각각의 이야기 끝에서 이렇게 성령, 성자, 성부로 상징되는 신의 존재를 암시하며 성삼위 구조를 가진 작품집으로 구성한 것과 함께 숫자 '3'을 제목에 사용한 것은, 내용의 통일성을 부여하는 동시에 셋이 모여야 비로소 완전해지는 '하나'의 이야기로서 이 작품의 성격을 암시하고자 함이다.

하나로서 완전한 전체를 이루는 성삼위의 구조는 고결한 정신적 가치, 더 나아가 '절대'의 추구로 해석될 수 있다. 전통적으로 하늘과 정신의 상징이자 완전성을 가진 숫자 3은, 진리나 종교적 깨달음을 통한 절대적인 가치의 추구와 관련된 표현 양식이 될 수 있기 때문이다.

이러한 가능성은 이야기의 배열을 통한 전체적인 구조 속에서 다시 한번 발견된다. 플로베르가 서로 다른 세 개의 이야기를 한 권의 책으로 묶어 출판하기로 마음먹은 뒤 이야기의 배치 순서가 집필 순서와 달라졌다는 것은, 작품 전체에 대한 구조와 의미에 대해 좀더 깊이 생각해보지 않을 수 없게 만든다. 『세 가지 이야기』에 실린 이야기들을 작품집의 배열 순서에 따라 읽다보면, 전체적 구조 안에서 독자는 어느새 작가가 의도한 '시간'과 '공간' 여행에 초대되어 그 여정을 따르고 있음을 깨닫게 된다. 작가가 살고 있는 서유럽, 프랑스 노르망디(「순박한 마음」)에서 출발하여 유럽 대륙(「구호수도사 성 쥘리앵의 전설」)을 거쳐 팔레스타인(「헤로디아」) 지역에 이르기까지 동쪽으로 진행되는 공간 이동은 19세기에 유행했던 이국주의와 동방 여행의 유행을 반영하고 있다고 해도 과언이 아니다.

당대의 물질주의와 양식良識에 환멸을 느끼던 젊은 플로베르는, 1848년부터 1851년까지 동방 여행을 통해 시적인 아름다움과 꿈에 몰두하며 정신을 함양했다. 플로베르의 시대에 동방 여행은 단순한 여행의 의미를 넘어 '서양'과는 다른 '정신적인 것, 고귀한 것'을 숨기고 있는 '미지의 땅'으로의 여행이었다. 서방 세계 사람들에게 '동방'은 특정 지역을 지칭하는 지리적 명칭이 아니라 신앙의 원천일 뿐 아니라 삶의 방향성을 부여하는 근원적인 곳으로 여겨졌기 때문이다.

이런 점에서 세 단편을 통해 이루어지는 동쪽으로의 이동은 곧 삶의 무게에 환멸을 느끼는 곳에서 희망을 주는 곳, 인간성의 진보가 멈춘 곳에서 인간성의 진보가 시작되는 곳으로의 이동, 즉 정신적 가치 추구의 기원으로의 이동을 의미할 수 있다. 「헤로디아」에서 제자들이 세례자 요한의 목을 '번갈아' 들고 향하는 여정의 최종 목적지인 갈릴리는, 훗날 그토록 기다리던 메시아인 예수가 태어난 나사렛이 있는 지역이자 그가 치유의 기적을 행한 곳이다. 지난날의 낡은 삶과 허물은 중요하지 않으니 이제라도 '태초'의 상태로 돌아가라며 예수가 제자들을 부른 곳이자 제자들이 예수에게 가르침을 받기도 한 곳으로 '재탄생'될 수 있는 곳, 다시 말해 새로운 시작을 기약하는 곳이다. 또한 서쪽에서 시작하여 동쪽으로 이동하는 공간의 이동과 함께 교권의 타락으로 교회가 비판받는 작가 자신의 시대에서 출발하여 기독교의 황금기인 중세를 거쳐 초기 교회의 태동기 혹은 성부(하느님)의 시대로 거슬러올라가는 시간적 이동은 구원을 기다리는 신앙의 태동기로의 이동이라는 의미를 담으며, 이 역시 가치 있는 인간 정신의 기원을 향한 이동인 셈이 된다.

이렇듯 한 권의 책 안에서 작가의 의도에 따라 서로 다른 시대와 공간의 이야기가 배치되면서 『세 가지 이야기』는 '정신적이며 절대적인 가치 추구'라는 구조를 갖는다. 「헤로디아」의 연회 장면에서 인물들의 대립이 정신적 위기를 보여주듯, 실제로 19세기는 교권이 비판받는 시기이자 갑작스러운 과학의 대중화와 산업화로 인한 정신적 위기의 시기이기도 했다. 뿐만 아니라 산업의 발달과 금융자본가 계급의 비약으로 빠르게 물질화되는 시대에서, 예술가들은 실증적이고 현실적인 경향이 정신적 가치를 무너뜨리고 예술과 사상의 지위를 끌어내릴까 두려워하기도 했다. 이러한 정황을 고려해보면 왜 플로베르가 자신의 이야기를 통해 이러한 구조를 만들고 있는지, 그 의미는 더욱 분명해질 것이다.

이렇듯 한 권의 책 안에서 형성된 통일성은 내용과 형식의 조화에 일조하며 작가의 궁극적인 의도를 보여주고 재현하는 데 큰 몫을 담당한다. 내용과 형식의 일치가 책이 추구하는 가치에 부합한다는 점에서, 그리고 전체적인 구조를 통해 작품이 이야기하고자 하는 바를 다시 한번 내재화할 수 있다는 점에서 『세 가지 이야기』는 고티에가 말했듯 작가의 재능이 모든 차원에서 조화를 이룬 작품이며, 독자의 감각 작용을 일깨우는 책임이 틀림없다. 그렇기에 작가 스스로도 이 작품이 '세상을 밝힐 만한 놀라운 작품'이 될 것이라고 생각하며 만족스러워했던 것 아닐까.

테오도르 드 방빌은 『세 가지 이야기』의 서평에서 플로베르를 예술의 표현 양식을 정복할 줄 아는 '시인'으로 평가했다. 이 또한 콩트라는 형식을 정복하고 그 형식 안에 반드시 필요한, 즉 존재의 이유를 가진 단어와 문장을 위치시키며 각 이야기의 전개뿐 아니라 배치를 통해

일관된 주제의 울림을 구현해낸 작가 플로베르에 대한 경탄이자 예찬이다.

주제의 교훈성, 즉 이야기하고자 하는 바에 의해서가 아니라 내용과 형식의 완벽한 일치에 의해 무엇인가를 이야기하고자 했던 플로베르는 예술의 가치를 예술 자체에서 찾으려 했던 작가다. 그렇기에 그의 예술적 가치는 독자들이 작품을 대하며 모든 감각 작용을 일깨울 때 빛을 발한다. 각각의 이야기들이 독립적인 텍스트로서 성공적으로 존재할 뿐 아니라, 모음집 안에서 하나로서의 전체를 형성하면서 더욱 완전해지며 작품에 접근하는 새로운 방법을 내포하고 있다는 점에서 『세 가지 이야기』는 분명 이 위대한 작가의 면모를 잘 보여주는 작품이며, 방빌의 말처럼 "한 시인의 역량으로 창작된 완전무결하고 완벽한 명작"이다.

이채영(파리 4대학 불문학 박사)

"인간의 말이란 금이 간 냄비와 같아서,
우리가 별을 감동시키길 바라며 두드려도
곰을 춤추게 할 정도의 멜로디밖에는 만들어내지 못한다."
귀스타브 플로베르, 『마담 보바리』 중에서

　내가 플로베르의 『세 가지 이야기』를 처음 접한 것은 그해 봄이었다. 두번째로 프랑스 땅을 밟은, 앞길이 구만리 같은 청년이었지만, 어쩐지 앞으로 불안하고 힘들어질 거라는 예감에 휩싸인 젊은 시절의 봄. 사실 그때까지 내가 이루어낸 일은 거의 아무것도 없었고, 미래에 대한 막연한 기대로 수면부족과 두통에 시달리고 있었다. 물구나무서기를 하면 병이 낫는다는 말을 믿고 고통을 다스리며 지내던 어느 봄날, '눈꺼풀이 한 번 내려갔다가 다시 올라오는 그 짧은 찰나'의 순간 내게 플로베르의 『세 가지 이야기』가 들어왔다. 만약 그때 '작은 부피의 그 책'이 없었다면 나는 문학 공부를 포기했을지 모른다.
　「구호수도사 성 쥘리앵의 전설」은 플로베르가 인생 말년의 경제적 어려움으로 크게 낙심한 상태에서, 평생 매달리다시피 한 『부바르와 페퀴셰』의 집필에 여러 곤란을 겪으며, 작가로서 한 문장이라도 쓸 수 있는지 스스로 확인하고 싶어 쓰기 시작했다는 작품이다. 이 단편을 읽으면서, 나는 이상화된 과거와 쓰라린 현실 사이에서 겪는 괴리와 위기를 어떻게 극복할 것인지에 대해 어렴풋하게나마 답을 얻었다.

그리고 '한 남자, 조카, 여주인의 아이, 자기가 돌보는 노인, 앵무새를 차례로 사랑하다가 결국 앵무새가 죽자 그것을 박제로 만들어 임종의 순간 그 앵무새와 성령을 혼동하고 마는, 어느 불쌍한 시골 여자'의 이야기(「순박한 마음」)를 통해서는 삶의 덧없음과 인간관계의 허망함을 가슴 저리게 느꼈다.

1986년 『플로베르의 앵무새』로 영국 소설가로는 유일하게 프랑스 메디치상을 수상한 줄리언 반스는 자신의 소설에서 「순박한 마음」을 다음과 같이 요약한다. "펠리시테라는 불쌍하고 교육받지 못한 하녀에 관한 이야기다. 그녀는 오십 년을 같은 여주인에게 봉사하며, 아무런 원망도 없이 다른 사람의 삶을 위해 자신의 삶을 희생한다. 그녀는 흉포한 약혼자, 주인의 아이들, 조카 그리고 팔에 암이 걸린 노인을 차례로 섬겼다. 그러나 그들은 무슨 연유인지 모두 그녀에게서 떠난다. 죽거나, 어디론가 떠나서는 무심히 그녀를 잊는다. 이런 삶의 방식에서 종교적 위안이 삶의 외로움을 메우게 되는 것은 놀라운 일이 아니다." (『플로베르의 앵무새』, 열린책들, 2005, 20쪽)

이 극한의 고독은 루앙 근교의 크루아세에 은거했던 플로베르의 정신적 풍경과 닮은 점이 많다. 스물여섯이었던 그는 이 작은 마을에서 문학에 평생을 바칠 결심을 하고 세상 사람들과는 다른 방식으로 자신의 삶을 꾸려간다.

크루아세에서 고행자처럼 살았던 플로베르에게는 특이한 수행법이 하나 있었다. 같은 단어를 반복하거나 유사한 음을 사용하지 않고 최고의 리듬을 얻기 위해 "미친 사람처럼 소리지르며" 문장을 읽으면서 글을 쓰고 수정하는 것이다. '고함치기gueulades'라고 부른 이와 같은 방식 때문에 어떤 날은 물을 거푸 들이켜야 했다.

그는 창문 너머 센 강이 보이는 한가하고 고요한 저택의 2층 서재에서 "맹수가 으르렁거리는 듯 쩌렁쩌렁한 동시에 배우의 그것처럼 울리는" 목소리와 함께 작업했다. 그리고 일요일이면 몇몇 친구들 앞에서 또다시 '고함치기'를 하면서 그들의 의견을 듣고, 다음에 쓸 작품을 생각하기도 했다. 플로베르에게는 그 순간이 세상의 무엇과도 바꿀 수 없는 소중한 시간이었다.

문학은 플로베르의 전부였다. 유일한 관심사이자 그가 숭상하는 가치였다. 어떤 점에서는 종교와도 같았다고 할 수 있다. 주제를 선택하고 자료를 모으고 글을 쓰고 수정하는 과정에서 겪었을 엄청난 고뇌를 생각해보면, 글을 쓰는 그의 태도는 가히 종교적이라 할 만하다. 플로베르가 전하는 이야기에 따르면, 예컨대 다섯 페이지를 교정하는 데 여덟 시간이 걸렸고, 『마담 보바리』의 네 페이지를 쓰는 데 꼬박 일주일이 걸렸으며, 두 줄의 글을 찾아내는 데 이틀을 몽땅 보냈다고 한다. "형태를 통해서 생각을 표현하는 방식"을 만들어내기 위해 그가 겪은 "숨이 끊어질 듯한 고통"은 차라리 끔찍함에 가깝다.

사 년 반에 걸친 악전고투 끝에 완성한 『마담 보바리』는 "글쓰기라는 고통의 상징이며, 플로베르는 이 지난한 작업을 통해 '문학의 그리스도'라는 별명을 얻었다. 이십여 년 동안 단어와 투쟁하고 문장을 다듬어가며 '단말마'의 고통을 감내해야 했던 작가는 붓을 손에 쥔 채 누군가에게 맞은 듯 쓰러졌다. 글쓰기는 그의 십자가였다".

플로베르의 삶은 '문장들을 만드는 데' 바쳐졌다고 해도 지나치지 않다. 그의 문장은 완벽하게 식별 가능한 대상이다. 플로베르는 언젠가 이렇게 말했다. "그러니까 나는 매우 밋밋하고 조용하고 가련한 내 삶을 모험이 넘치는 문장들로 다시 시작하게 되겠지." 이 문장이 그의 삶과 우리 문학사에 어떤 역할을 했는지, 우리는 『세 가지 이야기』를 통해 알게 될 것이다.

앞서 소개한 영국의 소설가, 줄리언 반스를 따라 「순박한 마음」의 마지막 부분을 다시 읽어본다. "그녀의 입술은 미소를 띠고 있었다. 마치 샘이 말라져 없어져가듯, 메아리가 사라지듯, 심장박동이 차츰차츰 약해지다가 아주 잦아들었다. 마지막 숨을 내쉴 때, 그녀는 반쯤 열린 하늘에서 그녀의 머리 위를 활공하는, 커다란 앵무새 한 마리를 본 것 같았다." 반스는 이 인용문에 이어 「순박한 마음」의 핵심을 다음과 같이 분석한다. "이야기의 어조를 조절하는 것은 매우 중요하다. 조잡하게 박제된 우스꽝스러운 새가 삼위일체 중 3분의 1을 차지하는 성령을 상징하며 끝나는 소설, 그것도 그 의도가 풍자적이거나 감상적이지 않고 또 신성모독도 아닌 소설을 쓴다는 것이 기법상 얼마나 어려울지 상상해보라. 더욱이 무식한 노파의 관점에서 그런 이야기를 하면서도 결코 품위가 없거나 유치하게 들리지 않게 한다는 것을 상상해보라."(앞의 책, 21쪽)

그렇다. 이 이야기 속에는 손에 땀을 쥐게 하는 스토리도 없고 슬픔

188

을 자아내는 비극적인 장면도 없으며, 딱히 인생에 대한 유익한 교훈이 넘쳐나는 것도 아니다. 그렇다면 플로베르의 이야기는 독자에게 무엇을 약속하는 것일까? 그것은 아마도 어떤 것으로도 대체할 수 없는, 유일무이한 아름다움이라 할 수 있을 것이다. 실제로 플로베르가 꿈꾼 것은 "시와 같은 리듬감, 과학 용어 같은 명확한 어휘, 첼로의 선율 같은 전달력과 울림, 깃털 모양의 불꽃이 치솟는 문체, 마음속 심연에 비수를 던지는 날카로운 문체, 그러면서도 작은 배로 순풍을 타고 나아가듯 사고가 매끈한 표면 위를 나아가는 문체"였다.

플로베르는 여자친구 루이즈 콜레에게 보낸 편지에서 자신이 꿈꾸던 책에 대해 다음과 같이 말한다. "내가 생각하는 절대적 아름다움이라는 것은 나 스스로 실천에 옮겨보고 싶은 바로 무無에 관한 한 권의 책, 외부 세계와의 접착점이 없는 한 권의 책이다. 마치 이 지구가 아무것에도 떠받쳐지지 않고도 공중에 떠 있듯이 오직 스타일의 내적인 힘만으로 저 혼자 지탱되는 한 권의 책, 거의 아무런 주제도 없는, 만약 그런 것이 가능하다면 적어도 주제가 거의 눈에 띄지 않는 한 권의 책 말이다. 가장 아름다운 작품들은 최소한의 소재만으로 이루어진다. 표현이 생각에 가까워지면 가까워질수록 어휘는 더욱 생각에 밀착되어 자취를 감추고, 그리하여 더욱 아름다워지는 것이다."

플로베르에게 '아름다운 주제'라든가 '추한 주제'란 존재하지 않는다. "문체란 그 자체만으로도 사물을 바라보는 절대적인 방식"이기 때문이다. 가난한 하녀의 단순하고 소박한 일생, 성당의 스테인드글라스에 그려진 세밀화의 세계, 우리에게 친숙한 성서의 한 일화로 구성된 세 편의 이야기는 이렇게 탄생했다.

현대 세계문학의 거장 가운데 하나로 손꼽히는 이탈리아 작가 이탈로 칼비노는 자신의 책 『왜 고전을 읽는가』에서 『세 가지 이야기』를 플로베르의 "가장 독특한 정신적 여정을 증언하는 작품"이라고 평하며 다음과 같이 일독을 권한다.

"『세 가지 이야기』는 플로베르의 정수에 가깝다. 저녁 한나절이면 읽을 수 있는 분량이라는 점에서, 짧은 독서를 통해서나마 크루아세 출신의 이 뛰어난 작가에게 존경을 바치고자 하는 사람이라면 누구에게나 이 작품을 강력하게 권하고 싶다."

고봉만

1821년	12월 12일 루앙에서 출생. 아버지 아실-클레오파스 플로베르는 루앙 시립 병원 외과 과장, 어머니는 플뢰리오 가문의 쥐스틴 카롤린, 형 아실은 당시 여덟 살이었음.
1824년	누이동생 카롤린 출생.
1832년	2월 루앙의 왕립 중학교에 입학. 역사와 문학에서 특출난 재능을 보임. 루이 부이예와 절친한 친구가 됨.
1836년	노르망디 해안 도시인 트루빌에서 휴가를 보내던 중에 열 살 연상의 유부녀인 엘리자 슐레징거를 만나 열정적으로 짝사랑하게 됨. 음악 서적 출판업자의 아내인 그녀는 나중에 장편소설 『감정 교육*L'Éducation sentimentale*』의 여주인공 아르누 부인의 모델이 됨.
1837년	「장서벽*Bibliomanie*」 「자연사 수업*Une leçon d'histoire naturelle*」을 루앙에서 발행되는 문예지 『콜리브리*Colibri*』에 처음으로 발표함.
1838년	자전적 이야기인 「고뇌*Agonies*」, 「광인의 수기*Mémoires d'un fou*」를 집필.
1840년	대학 입학 자격시험에 합격. 가족의 친구인 클로케 박사와 함께 피레네산맥과 코르시카를 여행. 마르세유에서 욀랄리 푸코와 육체적 관계를 맺음.
1841년	11월 파리 법과대학에 등록함.
1842년	제비뽑기로 군복무를 면제받음. 파리에서 콜리어, 프라디에, 슐레징거 집안과 친분을 맺으며 지냄. 10월 25일 자전적 이야기

「11월*Novembre*」을 완성.

1843년   막심 뒤 캉과 친해짐. 『감정 교육』(제1고)을 쓰기 시작함. 대학
         의 2학년 진급 시험에 실패함. 프라디에의 집에서 빅토르 위고
         를 만남.

1844년   1월 형 아실과 도빌에서 퐁레베크로 가는 도중 간질로 추정되
         는 신경성 발작을 일으킴. 파리에서의 법학 공부를 포기하고 루
         앙 교외의 크루아세에서 본격적인 창작 활동을 시작함.

1845년   1월 7일 첫번째 『감정 교육』 완성(이 제1고는 플로베르가 죽은
         지 삼십 년이 지나서야 발표됨). 3월 누이동생 카롤린이 에밀
         아마르와 결혼함.

1846년   1월 아버지 사망. 2월 조카딸 데지레 카롤린 출생. 3월 누이동생
         이 산욕열로 사망. 어머니와 함께 크루아세에서 조카딸을 키우
         기 시작함. 파리 여행중 프라디에의 집에서 '시의 여신' 루이즈
         콜레를 만남. 플로베르는 평생 독신으로 살며 많은 여인에게 불
         규칙적으로 열정을 바쳤으나, 루이즈와는 마지막까지 편지로
         우정과 연정을 나누었음.

1847년   막심 뒤 캉과 함께 브르타뉴와 노르망디 지방을 여행함.

1848년   부이예와 함께 파리에서 2월혁명의 현장을 목격함. 『성 앙투안
         의 유혹*La Tentation de saint Antoine*』(제1고)을 쓰기 시작함.

1849년   『성 앙투안의 유혹』을 완성했지만 친구들로부터 혹평을 받음.
         11월 막심 뒤 캉과 함께 동방 여행길에 오름.

1850년   이집트, 팔레스타인, 로도스 섬, 콘스탄티노플, 그리스 등지를
         여행함. 베이루트에서 성병에 감염된 것으로 추정됨.

1851년   여행을 마치고 크루아세의 집으로 돌아와 9월 19일 『마담 보바
         리*Madame Bovary*』를 집필하기 시작. 12월 루이 나폴레옹 보
         나파르트의 쿠데타를 목격함.

1854년   루이즈 콜레와 결별.

1856년	4월 30일 『마담 보바리』 탈고. 뒤 캉이 편집장으로 있는 『르뷔 드 파리*Revue de Paris*』 10~12월호에 발표함. 『성 앙투안의 유혹』(제2고)을 집필하고, 12월 테오필 고티에가 편집장으로 있는 『라르티스트*L'Artiste*』에 부분적으로 발표함.
1857년	1월 29일 '공중도덕 저해 및 종교 모독죄'로 『마담 보바리』의 작가 플로베르와 『르뷔 드 파리』지가 기소됨. 2월 7일 집행유예 판결을 받음. 4월 『마담 보바리』가 단행본으로 출간되어 큰 성공을 거둠. 9월 1일 『살람보*Salammbô*』를 집필하기 시작.
1858년	파리의 사교계에 드나들며 생트뵈브, 고티에, 르낭, 보들레르, 공쿠르 형제 등과 친분을 나눔. 4월 『살람보』 집필을 위해 튀니지를 여행함.
1862년	4월 『살람보』를 탈고하고 11월 24일 출판하여 대단한 성공을 거둠. 이 소설은 프티푸르(petit-four, 한 입에 들어갈 만한 크기의 쿠키)의 새로운 상표명이 됨.
1863년	조르주 상드와 서신 교환을 시작함. 생트뵈브가 주최하는 저녁 모임에서 투르게네프를 만남. 제롬 보나파르트의 딸인 마틸드 공작부인의 살롱에 드나듦.
1864년	조카딸 카롤린이 목재상 에르네스트 코망빌과 결혼. 9월 1일 『감정 교육』을 집필하기 시작.
1866년	레지옹 도뇌르 훈장을 받음. 조르주 상드가 두 차례 크루아세를 방문함.
1867년	조카사위 코망빌을 돕기 위해 빚을 지고 농장을 팔아야 하는 처지에 놓임. 6월 10일 튈르리 궁에서 황제가 베푸는 만찬회에 참석함.
1869년	5월 16일 『감정 교육』을 탈고하고 11월 17일 출간하지만, 대중과 언론으로부터 혹평을 받고 상업적으로도 실패함. 6월 크루아세로 돌아와 『성 앙투안의 유혹』을 손질함. 7월 루이 부이예가

사망하고, 11월 생트뵈브가 사망함.

1870년   프로이센-프랑스 전쟁이 발발하여 루앙에서 국민방위군 중위
          로 복무. 11월 프로이센군이 크루아세를 점령함. 12월 어머니
          와 함께 루앙으로 피란.

1871년   1월 휴전협정이 맺어짐. 3월 마틸드 공작부인을 만나러 브뤼셀
          에 감.

1872년   4월 6일 모친 사망. 7월 1일 『성 앙투안의 유혹』(결정고)을 완
          성. 이십여 년 동안 생각해왔던 『부바르와 페퀴셰Bouvard et
          Pécuchet』의 준비 작업에 본격적으로 착수함.

1873~74년 희곡 「후보자Le Candidat」를 발표하지만 실패를 맛봄. 『성 앙
          투안의 유혹』 출간.

1875년   조카딸의 파산을 막기 위하여 도빌의 농장을 매각함. 9월 콩카
          르노에 체류하면서 「구호수도사 성 쥘리앵의 전설La Légende
          de saint Julien l'Hospitalier」을 집필.

1876년   2월 파리에서 「구호수도사 성 쥘리앵의 전설」을 탈고하고 「순
          박한 마음Un cœur simple」을 집필하기 시작. 3월 8일 루이즈
          콜레의 사망 소식을 들음. 6월 조르주 상드의 장례식에 참석함.
          8월 「순박한 마음」을 완성하고 11월 「헤로디아Hérodias」를 집
          필하기 시작.

1877년   4월 24일 세 작품을 묶어 『세 가지 이야기Trois contes』라는 제
          목의 단편집으로 출간. 비평가와 대중으로부터 호평을 받음. 이
          책은 삼 년 동안 5쇄를 찍게 됨. 1875년 이후로 중단했던 『부바
          르와 페퀴셰』의 집필에 다시 매달림.

1878~79년 건강 악화와 경제적 문제로 어려움을 겪음. 친구들의 주선으로
          국가 연금을 받게 됨. 투르게네프의 도움으로 마자린 도서관의
          하위직을 얻음.

1880년   에밀 졸라와 모파상을 포함한 다섯 작가가 프로이센-프랑스 전

쟁을 테마로 쓴 작품집 『메당의 저녁나절*Soirées de Médan*』을 플로베르에게 헌정함. 5월 8일 파리 여행을 준비하던 중 크루아세에서 뇌출혈로 쓰러져 사망함. 5월 11일 루앙의 기념 묘지에 묻힘.

1881년   3월 평생 꿈꾸다가 유작으로 남긴 『부바르와 페퀴셰』가 출간됨.

문학동네 세계문학전집 발간에 부쳐

세계문학은 국민문학 혹은 지역문학을 떠나 존재하는 문학이 아니지만 그것들의 총합도 아니다. 세계문학이라는 용어에는 그 나름의 언어와 전통을 갖고 있는 국민문학이나 지역문학의 존재를 인정하면서 그것을 넘어서는 문학의 보편적 질서에 대한 관념이 새겨져 있다. 그 용어를 처음 고안한 19세기 유럽인들은 유럽문학을 중심으로 그 질서를 구축했지만 풍부한 국민문학의 전통을 가지고 있는 현대의 문학 강국들은 나름의 방식으로 세계문학을 이해하면서 정전(正典)의 목록을 작성하고 또 수정한다.

한국에서도 세계문학 관념은 우리 사회와 문화의 변화 속에서 거듭 수정돼왔다. 어느 시기에는 제국 일본의 교양주의를 반영한 세계문학 관념이, 어느 시기에는 제3세계 민족주의에 동조한 세계문학 관념이 출현했고, 그러한 관념을 실천한 전집물이 출판됐다. 21세기 한국에 새로운 세계문학전집이 필요하다는 것은 명백하다. 우리의 지성과 감성의 기준에 부합하는 세계문학을 다시 구상할 때가 되었다.

문학동네 세계문학전집은 범세계적으로 통용되는 고전에 대한 상식을 존중하면서도 지난 반세기 동안 해외 주요 언어권에서 창작과 연구의 진전에 따라 일어난 정전의 변동을 고려하여 편성되었다. 그래서 불멸의 명작은 물론 동시대 세계의 중요한 정치·문화적 실천에 영감을 준 새로운 작품들을 두루 포함시켰다.

창립 이후 지금까지 한국문학 및 번역문학 출판에서 가장 전문적이고 생산적인 그룹을 대표해온 문학동네가 그간 축적한 문학 출판 경험을 바탕으로 새로운 세계문학전집을 펴낸다. 인류가 무지와 몽매의 어둠 속을 방황하면서도 끝내 길을 잃지 않은 것은 세계문학사의 하늘에 떠 있는 빛나는 별들이 길잡이가 되어주었기 때문이다. 우리가 자부심과 사명감 속에서 그리게 될 이 새로운 별자리가 독자들의 관심과 애정에 힘입어 우리 모두의 뿌듯한 자산이 되기를 소망한다.

문학동네 세계문학전집 편집위원
민은경, 박유하, 변현태, 송병선, 이재룡, 홍길표, 남진우, 황종연

지은이 **귀스타브 플로베르**

1821년 프랑스 북부 루앙에서 태어났다. 16세에 지역 문예지에 처음으로 글을 발표하며 작가 활동을 시작했다. 『성 앙투안의 유혹』 『마담 보바리』 『감정 교육』 등 많은 대작을 집필했고, 플로베르가 발표한 유일한 단편집 『세 가지 이야기』가 평단 및 대중의 커다란 호응을 얻었다. 이십여 년 동안 구상해온 『부바르와 페퀴셰』의 집필을 이어가다가 결국 미완으로 남긴 채 1880년 뇌출혈로 사망했다.

옮긴이 **고봉만**

성균관대학교 불어불문학과를 졸업하고 프랑스 마르크 블로크 대학(스트라스부르 2대학)에서 박사 학위를 받았다. 현재 충북대학교 불어불문학과 교수로 재직중이다. 옮긴 책으로는 『방드르디, 야생의 삶』 『악마 같은 여인들』 『나이듦과 죽음에 대하여』 『빅토르 위고의 워털루 전투』 『프랑스혁명』 『역사를 위한 변명』 『인간 불평등 기원론』 『법의 정신』 등이 있다.

세계문학전집 149

세 가지 이야기

1판 1쇄 2016년 12월 2일
1판 3쇄 2022년 11월 25일

지은이 귀스타브 플로베르 | 옮긴이 고봉만

책임편집 홍상희 | 편집 문서연 황도옥 오동규 | 독자모니터 박묘영
디자인 강혜림 최미영 | 저작권 박지영 형소진 이영은 김하림
마케팅 정민호 이숙재 박치우 한민아 이민경 안남영 왕지경 김수현 정경주
브랜딩 함유지 함근아 김희숙 고보미 박민재 박진희 정승민
제작 강신은 김동욱 임현식 | 제작처 영신사

펴낸곳 (주)문학동네 | 펴낸이 김소영
출판등록 1993년 10월 22일 제2003-000045호
주소 10881 경기도 파주시 회동길 210
전자우편 editor@munhak.com | 대표전화 031)955-8888 | 팩스 031)955-8855
문의전화 031)955-3578(마케팅), 031)955-1916(편집)
문학동네카페 http://cafe.naver.com/mhdn
인스타그램 @munhakdongne | 트위터 @munhakdongne
북클럽문학동네 http://bookclubmunhak.com

ISBN 978-89-546-4329-0 04860
     978-89-546-0901-2 (세트)

www.munhak.com

● 문학동네 세계문학전집은 계속 출간됩니다